新西部精品美文选

U0721562

周瑛 著

有风

敦煌文艺出版社

图书在版编目（CIP）数据

有风 / 周瑛著. -- 兰州 ：敦煌文艺出版社，
2012. 4（2023.1重印）
ISBN 978-7-5468-0252-7

Ⅰ. ①有… Ⅱ. ①周… Ⅲ. ①散文集－中国－当代
Ⅳ. ①I267

中国版本图书馆CIP数据核字（2012）第051260号

有 风

周 瑛 著

责任编辑：侯君莉
装帧设计：石 璞

敦煌文艺出版社出版、发行
本社地址：(730030)兰州市读者大道 568 号
本社网址：www.dhlapub.com
投稿信箱 tougao@dhlapub.com 　　编务信箱 gy@dhlapub.com
0931-8773084(编辑部) 　　0931-8773235(发行部)

天津旭丰源印刷有限公司
开本 787 毫米×1092 毫米 1/16 印张 11.5 插页 2 字数 150 千
2012 年 4 月第 1 版 2023 年 1 月第 2 次印刷
印数：1 001～4 000

ISBN 978-7-5468-0252-7
定价：42.00 元

用笔写字（代序）

周瑛

　　写作应该是有主题的，但是很多时候，在我提笔之时，我并不知道笔下可能出现的文字会传递一个什么样的主题，于是，很多时候的提笔只是为写字而写字了。

　　这样漫不经心地、漫无目的地写字，只是一种心绪的表达，用文字表达的心绪是委婉的。那种委婉于平静，是经曲径而通达的舒缓漫漶；于欢乐，是发自肺腑不禁敞开胸怀的雀跃；于悲伤，是情到深处无以成言语的哀恸。我想，这样写字，一定能让心灵得以抚慰，也一定能点通心与心之间的灵犀。

　　习惯于用笔写字，除却文字本身的意义，还因为随笔尖画出的一个个字形。汉字是美丽的，我的字在写字者的眼中也是美丽的，这些美丽的文字，不仅寄托了我的全部心绪，而且延展开我心绪的所有脉络，好像山泉从岩缝间流淌出来，叮咚有声，但一经泥土，就悄然散开去、展开来了，顺着土壤、根脉、茎叶一直到达叶尖、花瓣，绽放出最鲜最嫩的生命，让人不忍离去，又不忍触及。

　　用笔写字，就是想用笔尖轻轻触及心灵中最美最嫩的思想。与叶尖和花瓣不同，思想只有经碰触才会成熟、发光。

　　但愿我的笔尖足够有力。

有风

读 你

又见你，就如又见这懒懒的阳光一样，亲切极了。

静静地读你，似乎你就是那风，穿过了我的窗帘轻抚着我的发；似乎你就是那雨，打湿了我的衣襟让我记住了你；似乎你就是昨日漫天的雪，飞舞在我的眼前，融化于我的掌心，凝结上我的眉头。

静静地读你，就好像是一直幻想拥衣于壁炉前，读一本老书，一本关于永远的老书，有经典的封面，经典的扉页，经典的文字，经典的故事，甚至经典的插图。

静静地读你，想起了曾为你勾画的关于我的风景，多么盼望你的驻足啊，可我深深地知道，我只是你必经路旁的一棵树。那么我就做一棵快乐的树吧，摇曳的枝叶欢乐地歌唱，一边诉说我的幸福，一边等待你的路过。

静静地读你，是愉悦的。我愿珍藏这份心情，就好像俊秀南国的伟岸梧桐与粗犷北疆的清馨丁香之间的约定，在春的五月，同时绽放紫色的梦。无论是硕大的，还是纤细的，那紫色的幽香都能漫过天地，让彼此感知。

读你，真的很亲切。

2000年冬。

梦，及其颜色

原来的时候，别人告诉我梦是没有颜色的。真的没有颜色吗？

于是我开始努力地分辨，终于在一天的清晨里，我醒来的第一句话是，我梦见了颜色。

这已经是很早以前的事情了，但我依然清晰地记得梦中见到的第一种颜色，那是一片油油的泛着亮光的绿色，一片浓烈的逼人眼睛的绿色，一片晶莹的青翠欲滴的绿色。

是的，就是那绿色，让我的梦有了颜色。

说到梦，这是一个缠绕我许久的问题。可以这样讲，我几乎不记得我有睡觉不做梦的时间。凡睡觉必有梦相伴。

曾经为这苦恼过，疑虑此症为神经衰弱，专门探访医生，医生问及日间活动，笑曰：每日里欢蹦乱跳的，怎会是衰弱？

于是释然，不再忧虑梦的搅扰，后来反倒开怀，庆幸自己可以在白日里有一种生活，在黑夜里又能再辟一片天地。

梦，是一个诗意的语言，于是也就有了诗的意境。

梦里，我可以看见树枝扯住风的衣襟，呜咽着羁绊风的远行。

梦里，我可以听见云对雨说，不再留你，不再留你，可，走出我的心，你会泪流。

是啊，梦是离奇的，但梦的离奇还能漫得过心的驰骋吗？

驰骋于大漠，梦是驼背上的落日。

驰骋于山巅，梦是松肩上的露珠。

驰骋于草原，梦是鹰羽上的长空。

驰骋于激流，梦是石崖上的劲书。

梦于心中，心现梦境。

这也许就是梦的生命轮回。

希望今晚的梦中，我可以再见那一片绿色，让我的呼吸也能深深浸入那灿烂的颜色，久久、久久地停留。

2004年春末。

情人节，好漫长的一天

好想给你打个电话。

当我努力地说服了自己，可以去触及你的电话号码的时候，猛然意识到，今天是情人节。

尽管我不过情人节，但是，我想我还是不会在情人节的这一天拨通你的电话。

很多东西我们可以去挥霍，但是可以被挥霍的东西一定不能够被保存得长久。

好想好想长久长久地让我们可以在一起轻松地相处，也许五年以后，也许十年以后，也许三十年以后，如果那个时候，我们还可以愉快地谈起星星月亮，谈起大海雪野，那么，我会感觉到怎样的幸福呢！

一遍又一遍地默念着已经准备好了的话语，有了些生根的感觉。

让我慢慢地等待，只是不知道，过了这个漫长的今天，如果拨通你的电话，我会不会谈起今天的等待。

2004年2月14日，时过境迁，心境却依然如故。

临风起舞的风衣

一直喜欢一件长长的风衣，就是垂到脚面的那一种，面料软软的，能随风飘扬，每走一步，都能感觉到它在扑打脚面，有一种起舞的味道。

这个愿望由来已久。上学的时候，学会了跳舞，每到周末，同室的女孩就开始忙碌起来，试穿着一件又一件无论是自己的，还是别人的衣服。但是最终，都还是身着长裙出发了。因为大家都喜欢跳舞时长裙的飘动。慢四、快三，曲曲精彩。欢笑也随着那长长的裙散开来。——舞会结束了，我们会不情愿地裹上一件件军大衣，一路嬉笑着跑回宿舍。那时是多么希望有一件长长的像裙一样的风衣啊。

只是希望着那长长的盖着脚面的感觉，似乎从未想过它的颜色。应该是哪种色彩呢？这是我见到现在身上穿着的这件风衣时才意识到的。其实，我是不喜欢黑色的。

想来，在很多时候，我们的选择都是无奈的，就像我见到这件风衣时，它的质地、款式都是那么的完美，可是只有颜色是我不喜欢的黑色。我别无选择。

但是一切又都是公平的，这件我无法选择颜色、但又倾心已久的长长的垂到脚面的风衣，却成了我的一道风景。在那些鲜艳的、亮丽的衣服中间，它宛如宁静的夜，陪我走了很多的路。

我真的喜欢临风起舞的感觉。

2002年秋天。秋天一直是一个充满诱惑的季节。

大海的声音

有朋友发来一段大海的声音，真美。

绵长的海涛拍岸，悠远的海鸥的叫声，似乎还有一艘小船荡过。

十八岁那年，我看到了海，那时候的梦想很远，很大。

第一次走近海是在夜里，在漆黑的夜里，海腥味儿似乎是一下子就来了，铺天盖地的。

我们是去看日出的。为了日出，几乎忽略掉了海的存在。

天空慢慢地亮了起来，有经验的人说那天不会看到日出了。

我有一些遗憾，但是马上那一点遗憾就被一种震惊代替了。

在微亮的天空里，我看到与天相连的海，漫无边际的海，没有颜色的海，弥漫着湿气的海。

看日出的人们慢慢地散去了，我留了下来，看海。

随着天空越来越明亮，海也越来越清晰，渐渐地开始被涂上了颜色。

淡淡的灰色的海。

淡淡的绿色的海。

一直到淡淡的蓝色的海。

这时候，太阳已经一丈高了，尽管在半空中露出了脸，但是依然有新生的灿烂。

阳光越来越强烈，一眨眼的工夫，海就是传说中的湛蓝了。

我第一次见海的地方并不是看海的好位置，那是为看日出而选择的地点。

那里没有柔软浪漫的沙滩，也没有惊心动魄的礁石。

我与海就是这样在毫无准备的情况下会面了。

那天，我就那么与海相视着，默默地没有声音。

但是我知道我的心在涌动，海也在涌动。

2003年年底，在听雪的时节，听到了大海的声音。

月光下的红土地

我是爱你的，我的原野。

低沉的天空，有沙在弥漫，远远近近的都是风的气息。我在跑，我知道我跑得很慢，很慢，永远也不能到达那边的尽头。可我依然在跑，用尽所有的力气。

这种感觉总是在一个有风的晚上飘来，一次次地让我记起，我是爱你的。

我是爱你的。

我只想让你告诉我，我是幸福的，可是，你总默不作声。

你难道不知道你的沉默是对我最大的诱惑吗？我迷恋你低沉的天空，迷恋你弥漫的沙，迷恋你远远近近风的气息。

斜斜的阳光中，你变得明暗交织，牵着我的影，很长很长，匍匐于暖暖的金黄。

我知道还有人在恋着你，她总是在夜晚悄然而至，冷艳的目光投向你，可你依然默不作声，就好像对我一样。

你是如此的沉默。

你，用你沧桑的肌肤展示你诱人的辉煌。

你，用你宽阔的胸膛诉说你迷人的美丽。

可你始终不愿告诉我，我是你的爱人，你可以任我奔跑、跳跃，肆虐地扬起沙，但我依然不知道，你是爱我的。

可，我是爱你的。

曾经以为，我可以忘记你。

我奔向大海，大海用它的热情的浪花拥抱我，我以为我的窒息是爱的眩晕，然而我还是醒了。

我走进森林，阵阵松涛一遍遍地诉说相思，我以为我可以为叶抚摸的温柔停留，可是我最终逃掉了。

走了很久，恋了很久，我终于还是回来了，可你依然默不作声，我很累。

我很累，只想在你胸前躺一会儿，舒展我疲惫的脚步。

在贴近你的时候，我分明听见了一种声音，很远，很长，是力量的涌动，从你的心底传来——爱你！

是——我吗？

是——爱我吗？

终于，你，在我流浪了很久以后，让我知道了我的幸福。

幸福，很远，我曾流着泪找了很久。

幸福，也很近，一靠近爱人的胸膛就听到了。

2001年夏末秋初的季节。

佛说，我只是你必经路旁的一棵树

佛说，我只是你必经路旁的一棵树。
我祈求着，那么就让我做一棵白桦吧！
于是，在那片白桦林中有了我。
我知道你是喜欢白桦的，
你一定会来。
无论是年少还是年老，
无论你的臂弯里是否有她。

我在对你的盼望中一天天地生长。忽然有一天，我感到他的存在。他的树枝漫过天空抚摸我的头顶，他的根脉穿过黑暗拥抱我的土地。

然而我仍在为你翘首，容颜也渐次斑驳。

因为对你的想望，我的身体里有了一圈圈的年轮，它扩散开来，填充我的心房。

可是终于有一夜，我却发现填充我心房的年轮之间竟是如此的苍白。我哭了，在我成为树以后第一次哭了。

而此时我感到了一种力量，从我的根脉向上，从我的头顶向下，注入我的全身。

是他。

他在用他的血液滋养我苍白的躯干。

仔细看他，竟然也是满目的斑驳，和我一样。

以后的日子里，我快乐地和他站在一起，阳光下，风雨中。

我终于记起了佛说的话：我只是你必经路旁的一棵树。

今天，我在我的幸福中静静地等待你从我身边走过。

祝你和我一样的幸福！

2000年的春天，有感于席慕蓉的《一棵开花的树》。

你好吗？我的白桦

说真的，喜欢白桦可能就是我喜欢白桦的最好理由。

翻遍了所有的记忆，关于白桦，在我心中，真的没有像很多人表述的那样——是爱情的印记，是青春的足迹，是激情的凝聚，是心绪的依托……

但是我却是从第一眼见到白桦，就喜欢上了，而且是一如既往。

离开那片白桦已经十多年了，十来年间发生的事情足以让我丰富许多。在历经了许多成功与失败，欢笑与泪水之后，不变的，仍是我心中的那片白桦。

先生昨天说：我们回去看看那片白桦吧！

这个提议真是让我兴奋了许久。是啊，我是真的盼望着能看到那片白桦呀，也不知道是不是有了改变……

突然，一阵不安袭来，不，不是不安，分明是恐惧。——那片白桦会变吗？如果真的变了，甚至，我心中的白桦如果不在了，那么，那么我会是怎样的心痛！

白桦，我心中的白桦！

我开始默默地惆怅，沉吟着，就好像白桦在夏天的风中低诉。

禁不住终于一滴泪还是夺眶而出，那么热，带着那么热的温度淌过脸颊，就好像是白桦那被秋风染黄了的叶，深沉而浓烈。

那一滴泪悄悄地滚落，消逝，仿佛茫茫雪野上，那片白桦突兀地耸立，无声无息。

而此刻，我的心绪一如春天的白桦，涌动着，不安地等待着，等待着一个消息，一个能让我释然的消息，仿佛白桦等待春风抚慰、春雨滋润一样。

我终于发现，对于白桦，我竟是如此地钟爱，似乎就是刻骨铭心的爱情，我需要我的白桦在我一如既往的爱情之中一如既往地美丽。

2003年盛夏，就因为先生说：我们回去看看那片白桦吧！

你愿意和我一起去流浪吗

你愿意和我一起去流浪吗？请你说愿意！

那天，在一个风轻云淡的上午，很多人都说这样的天气、这样的时间是不适合谈心的，可是我们却彼此交流了许多。当你告诉我，你最喜欢回家的感觉时，我就知道了，你我注定不能同行。

还记得上学的时候写的小诗：

喜欢的天空只是墨色/喜欢的树枝总有两片枯叶/喜欢的风景无外乎大漠和落雪/喜欢的小溪也只过着流浪的生活/喜欢的/那静静的一瞬却不能永恒/喜欢的/那轻轻地回眸却不能凝固/喜欢的/夜风中有一曲笛音/传自玉门关外/那有一尊古老的魂

槐树花儿败了/落下几日的春雪融融/喜欢的尼泊尔高原上/有一株丰硕的木棉

写诗时的心情一定是荡然无存了，但是记下的这许多的喜欢却一直回旋在脑海，我知道，有些什么是一生不变的，就好像这些喜欢。

流浪也是一样，在我的生命中，也许它就是一成不变的情结。

流浪，在朝霞的影子里出发，踩着雾和暮霭，希望路过一树沙枣，亲吻弥漫的花香，在依稀可见的梦中，前行。

流浪，不在乎走遍千山万水，只盼望在月落乌啼的夜里能感受到一地阳光。

2003年夏天，那个暑期的出行计划受阻了。

家乡的苜蓿

日间，有朋友来小坐，谈及他缺水的故乡，伤心处，眼眶红了起来，也惹出了我的泪。于是，想起在中学时写的一篇作文，题目已经记不清了，写的是苜蓿——家乡的一种草本植物。

有个笑话曾提到过它。说一个牧童，春天时拔了些苜蓿孝敬父母官，县老爷品尝之后，感觉甚好，于是升堂，召牧童问话："本老爷品尝之后，该谁吃了？"牧童答曰："拿去喂驴。"

没见过苜蓿的朋友可能知道了，苜蓿嫩时可食，且味道鲜美，而老了以后，就只能充作饲料喂牲口了。

我当初写苜蓿并不是因为这些，而是为了它的花。苜蓿的花是紫色的，朴素的，春天以后在家乡的山坡上、田埂边，随处可见，它们默默地盛开着，在我的印象中好美。

忘了是什么原因，我在作文的最后大概写了这样一句：开着紫色花儿的苜蓿也喂养过家乡的父老。正是因为这一句话，让我在年少的时候就开始了对苜蓿的钟情。

我的作文无意中被妈妈看见了，因为最后的那一句话，妈妈潸然泪下，掩饰之后，给我讲了在她年少的岁月里，苜蓿是如何真正养活父老的，当然也有我的妈妈。

妈妈说，所有那些吃过的野菜中，苜蓿是唯一没有吃厌的，它总是有着一股淡淡的清香，也正是那清香为父老抚平了紧锁的眉头，安慰了忐忑的心情。

在最艰难的日子里，家乡贫瘠的土地上仍然生长出一丛一丛地开着紫色小花的苜蓿，这苜蓿又养活了世代在这片贫瘠的土地上耕作的父老。

于是，在那片并不肥沃的土地上漫山盛开的并不绚丽的苜蓿，就成了我记忆中家乡的一道沉甸甸的风景。

2000年。

想起你

在这样一个晚上想起你，让我多多少少有些不解，这的确是一个非常平常的夜晚，没有一丝一毫的情结可以引发怀旧的心绪，而我却突然想起了你。

既然想起来了，那么就和你说说话吧！你好吗？生活好吗？工作好吗？身体好吗？问到这儿，我想是够了的，这么些年我们的努力奋斗，不也就是为了这些吗？

你是不是还在流浪？还在追逐着那份漂泊？记得你说过你要远离浮躁，那么现在呢？流浪的心情是不是真的让你平静、安逸？

你还记得我们关于天上飞鸟爱上水里鱼的话题吗？不知道在你游历了许久之后，是不是可以为它们在哪里构筑爱巢找到答案。

说是不经意想起了你，可又似乎我从没有忘记过你，而且你的忧伤，也似乎比你的欢快在我的记忆中更牢固，也更能打动我，让我一直惦念你。

我是真的迷恋上了你给我描述过的种种景象，那么急切地要走进你展开的一幅幅画面。那条流浪在沙漠的小溪还好吗？那只飞在林中的青鸟还好吗？我知道这些都不仅仅是关于年轻的记忆，而且也是一个梦，一个关于理想的梦。

理想的梦有许许多多，但是能够留下来且怎么挥也挥不走的，那可能就成为心灵的追求，这追求好像夸父追日般伟大而且悲壮。为了这些个梦，我哭过，我笑过，也叹息过，但是一成不变的是每一次心动都会有你的印记。

　　每次想起你的时候，在我眼前的总是那只孤独地飘在寂寞天空里的风筝。

　　真的，有时我真的禁不住想和别人说说你，幸运的是每一次我都又放弃了这个愚蠢的念头。——也许真的没有人能够像我一样了解你。

　　已是午夜了，记得你说夜晚有家的人是幸福的。我是幸福的。那么你呢？你现在是在哪里呢？我好想能牵住你的手，让我知道你是幸福的。那个拖着长长的影子逡巡在旷野中或者街灯下的流浪人，一定不会是你。

　　也许这会儿，你会在小溪旁，静静地听着每一个叮咚的声响，感受着水的缠绵。

　　也许这会儿，你正托着那只青鸟，看着呢喃的羞涩，抚摸每一根羽毛的爱。

　　那么我呢？我正幸福地打发无聊的黑夜，再幸福地迎来浮躁的阳光。

　　——我又记起来了，你是要远离浮躁的。啊！你是因为这才不肯与我同行吗？

　　——你是真的不愿与我同行的呀！

　　我蜷缩在午夜的灯光里，不解地问自己，为什么会在这样一个夜晚想起你，这的确是一个非常平常的夜晚，没有一丝一毫的情结可以引发起怀旧的心绪。

2002年春天。

我真的不喜欢昙花

你走过来，轻轻地牵我的手，刹那间，我想起了昙花。

从没见过昙花，也从未喜欢过它。细细想来，一定是因为有那么多的人赞叹过它美丽的凋零。

不喜欢昙花深深地印在我的心里，即使在此时，在你轻轻走来，牵住我的手的瞬间。

你从哪里来？是不是带着上苍给我的承诺？你又能停留多久？是不是会用一生呵护我的希望？我知道此时，在你走来，轻轻地牵住我的手的时候，在我脸上流淌的应是幸福的笑容。

你只牵了我的指尖，是的，只是指尖，但我却感觉我的全部人生都被攥入了你的手心。顺着我的指尖，我努力地想感受你的体温，你的心跳，你的幸福，然而心像是被巨大的漩涡屏蔽了，只剩下满怀的昙花。

我真的不喜欢昙花。

2002年的春天，那时我还没有见过昙花。

然而，当我在2003年夏天第一次看见昙花的时候，

原来对于昙花的种种不屑一瞬间都瓦解了。

于是，我开始相信，也许我也可以为一现的昙花倾注全部爱恋呢。

愚人节待在家里，回忆

早晨，还懒在床上的时候，就有朋友打电话来，说是请我去吃饭，因为我有空，所以要我去定座位。

我开心地听着，开心地笑着，最后我说：明天吧，或者其他的什么日子，今年还有三百六十五天呢。

朋友也笑了：你太让我没有面子了，我刚才还夸口说你好骗，一骗一个准儿，你就算是知道了，也不要现在就戳穿我嘛。

这应该是一个开心的日子，无论有怎样的往事缠绕，它都注定是一个开心的日子。

昨天的沙尘和雪花都已经成为昨天的风景。今天的阳光和连翘束束让回忆充满了色彩。

愚人节，应该是一个充满愉快、温馨的日子。

但是，很早以前看过一篇小说，篇名记不起来了，讲的是一个人利用愚人节来作案，于是，我对这个日子有了恐慌。那时我在读中学。

这种恐慌慢慢地淡了，但是在这恐慌还没有消尽的时候，又有了去年的愚人节，张国荣变成了蝴蝶飞走了。

算了，不说这个了，无论这个故事是完美的或是缺憾的。

愚人节，不要拿爱情开涮。——这是我们在要离开学校的那一年里约定的。

记得在曾经年轻得还可以透支爱情的时候，我们会在愚人节的这一天里炮制出很多很多的甜言蜜语，封装在很多很多的美丽信笺上。于是，校园里的某个地方就会出现一些张望的眼神，期盼。

现在我相信，那时的期盼一定是真挚的，但，那时的我们不懂。

记得宿舍里的阿英在一样的春光明媚中收到了美丽的信笺，当然了，那是另外的什么人在透支着爱情。当我们告诉她这是一个不能把爱情当真的日子时，她的眼神中流露出的分明是我们从未见过的失落。

就在那一瞬间，我们，一群曾经无知而且无畏的傻孩子长大了，于是，就有了那个约定。

愚人节，不要拿爱情开涮。

在所有的关于愚人节的记忆中，最成功的节目，来自一张海报。

一张绿颜色的四开大小的海报：

今日上映：《搭错车》《金色池塘》。

那天晚上，鸣放宫前面的树林里格外地多了些散步的人。我们看见了白发苍苍的教授先生，还有正避着我们谈恋爱的年轻的授课老师，甚至那个上冰课时让我摔跤的体育老师。

是啊，那两部电影的魅力真的很大。一直到现在，在不经意的时间里，我还会不经意地想起。

也许，今天晚上，可以有人约我去看电影呢，上映的是《搭错车》和《金色池塘》。

2004年4月1日。

夜的黑

夜又降临，月已是小半圆了，想起那晚的那一弯新月，远远的。山顶上没有城市的灯火辉煌，那月也显得那么寂静安详。

忽然想起了一篇文章，是说路灯坏了吧。当时没能体会得很深，而今天看月，才又忆起了无灯的岁月。

没有灯的路走过很多，记得最牢的，似乎永远忘不掉的，是儿时的夜路。

妈妈领着我和弟弟，在漆黑的夜里走着。

妈妈告诉我们，亮的地方是水，暗的地方是路，黑的地方是田地。我仔细地辨认着，判断着，确定着，很小心，可摔跤最多的还是我。我一直很笨，不比灵活的弟弟。

在漆黑的夜里，耳朵变得出奇的灵敏，只要是一点点动静，都会被我们捕捉到。那是晚归的鸟儿，还是刚出门的蝙蝠？稀稀落落的虫子只剩下鼾声了。

最能让我们兴奋的是脚步声，一旦有了，甚至是像了，不论在哪一个方向，我和弟弟都会不约而同地叫，是爸爸吗？而那一声惊呼马上就会被黑夜掩盖得无声无息。

我实在想不起来那样的夜晚是不是有月。大概是因为那时的我并不在意夜中的月吧。

那样的夜路走得多了，也就成了儿时的故事，想挥也挥不去。

夏天的时候回家，问妈妈，那时走那样的路怕吗？妈妈反问我。我笑了，跟着妈妈是永远不知道怕的。妈妈又问，为什么想起这个问题？我说我想带我的孩子去走夜路，可我真的好怕。

习惯了城市灯火的我，还能不能步入夜的黑呢？

2002年的冬天，我的孩子在看《大头儿子和小头爸爸》，总吵吵着也要像大头儿子和小头爸爸一样去野外露宿一晚。

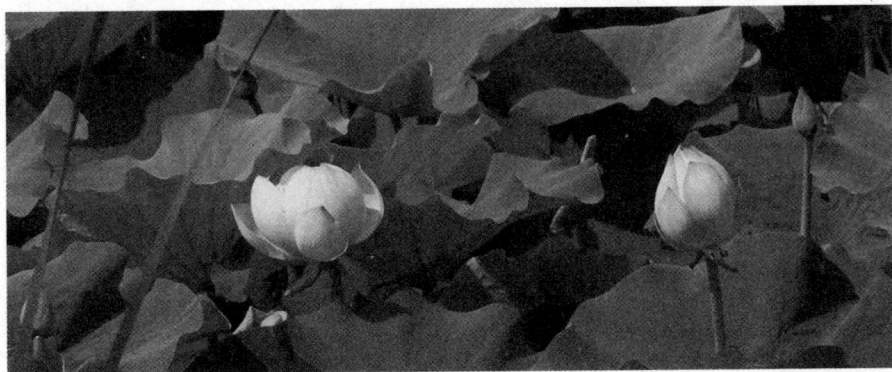

和阿莲谈照片

我以前拍过一些相片，是黑白的，其实景象很平常，但用不同角度的语言来诠释，就有看头了。

陕西，我去过古长城遗址，在榆林。还有绥德和米脂，这里流传着一个说法，叫米脂的婆姨，绥德的汉。

在那里，我们几乎不住旅馆，住百姓家，在他们家吃小米稀饭。

在房东一家院子里一个石头的晒台上，摆着好几双裹脚老人穿的那种小鞋子，刷得泛了白，尖尖的小小的。

远处一个晾衣绳，挂了一件老人家手缝的斜襟的上衣，有飘动的感觉。

感觉挺好的题材和角度，我当时看了很喜欢，不过就是相机不太好，有点遗憾。那是很久以前的事情了。

刚才说的那个小脚老奶奶，她家有两个铁蛋似的男孩一直躲在角落盯着我们看，眼睛很亮。

他们家的窑洞里有两口很大的锅，我用相机拍下了他们的锅台，后面的墙壁斑驳，屋里有很多盛粮食的袋子堆积着，卧室里五斗橱上还有毛主席的石膏像。

门口两只牧羊犬，看见我们就咬，吓坏我了。

那家人特淳朴，我们走的时候，他们一直抱一个孩子，领一个孩子送出我们好远才回去。

后来，我们也曾住到一个车站的旅馆，那里有一个自来水管，定时来水。一来水我们都拿东西去接水，要排队。等到我们的时候，也许就会到点了，停了，常常为这生气。

　　住的那炕真够脏的，炕头很厚的油灰，还有一股很浓重的味道。

　　穿过记忆，很多东西都会像照片一样被保存下来。

　　还有一张集市上卖种子的照片，面前摆的都是大大小小的袋子，里面是种子，上面支一个白布的棚子，一根竹棍支撑着，那人斜躺着，打盹，特悠闲的样子。

　　在那个集市上，一个老人拿一根有一米多长的烟斗在街上走。我们追着他拍。他停下来冲我们笑，笑得很灿烂。露出很长的门牙，黄黄的，对那笑容和笑容中的牙，我印象很深。后来知道，那是因为那里的水不好，含氟量高，有的牙甚至会是黑色的。

　　去了那些老山区，有震撼的感觉，可以体会到的是一种物质的落差，一种文化的落差，一种时间的落差。落差大得甚至叫你不相信。

　　有些围墙上能看到"文革"时的大标语。

　　一个山头就有一座庙，是山神庙。

　　那里的那些房子的光线感觉特别强，一个窗子射进来光线，其他地方都暗暗的，光柱里雾沉沉的，有灰尘在飞。

　　光比，很鲜明。

2004年9月。

吃螃蟹，治懒病

好几年以前了吧，我看到一个偏方，说：治懒病，包治包灵的方法
是—— 一连吃三只螃蟹。

于是，欣欣然告诉先生，说，你终于可以出头了，我要治懒病。

然后，我们就去吃螃蟹。

在"天天渔港"，要了三只螃蟹。先生说，你都吃了吧。那时我已经
迫不及待了。

我开始了治疗过程。

那个螃蟹可真不好对付，平时大家一人一只吃的时候，我吃得挺快
的，可是，那天，我心里美着，可是却不见成效，半天了，才吃了半只。

加油！

终于，一只结果了。

第二只，我吃得很费劲，真的像吃药一样。终于，在先生的监督之
下，我成功地解决了第二只。

请求先生说，你也吃一只？

先生说，给你治懒病呢。

唉，自己的饭自己吃。

于是，开始打量第三只螃蟹。那个时候，我看着那一锅素什锦可真
香。第三只螃蟹，终于被我牵回了家，它挺不情愿的，没办法，打包，

提着走，它还能不走吗？

先生一路笑回来。我那个气呀。

我想，我一定得想个办法，把丢了的颜面找回来，哼！要不，这还不成了一辈子的把柄？

回家了。

还没到睡觉的时候呢，我就感觉很不好受了。

是啊，我这是怎么了？吃了两只螃蟹，还不舒服，也太没良心了吧。可是，真的很难受。

我的胆囊疼上了。不是我故意地。那个疼呀，真的疼坏了，折腾了我两天。

然后，这次的治疗懒病就告了一个段落。

第二天，先生面带歉意地吃那只被我牵回来的螃蟹，然后，对我的横加指责，只能默默接受，还得表现出足够的诚意。

第一，不帮我吃螃蟹，害得我疼。

第二，一个劲地要我治疗懒病，居心不良，是想逃脱光荣的劳动。

第三，治疗懒病要一连吃三只螃蟹，而我只吃了两只，那么治疗不成功，于是，我可以继续懒，而不需要自责，毕竟，我曾努力过。

呵呵……

2005年7月。

我的三十走过了春夏秋冬

一

那年夏天，我二十九岁，有人告诉我年龄是不说九的，于是我三十了。

我约了娟去峨眉山，在地图上看，从我这里到峨眉山是垂直南下的，我知道，我会有滑翔的感觉了。

南下成都的火车还是旧的那种，久违了的草绿色车厢，让我又有了远行的希冀。娟是在本市上的大学，她不了解我当年要花四天的时间，从西北颠簸到东北的兴奋与无奈，但那一切都是很久以前的事了。

峨眉天下秀。

那年夏天的炎热在秀的峨眉山化作了烟雨，一路行去，愉悦相伴。

二

那年秋天，我三十了，是燃了蜡烛、许了愿的三十。

朋友相约去沙湖，宁夏的沙湖，我曾在那里捕捉过许多美丽的瞬间，我知道，再次的造访也许觅不回瞬间的美丽。

汽车在西海固的山区里蜗行。西海固——中国最穷的地方吧，在宁夏的南部，西吉，海原，固原，多么好听的名字呀，但是，赞叹会在遗憾中凝重。

那次的行程，我记住了一个叫"喊叫水"的地方，还有一个专门停下来为我们指路的司机大哥。

<h1 style="text-align:center">三</h1>

那年冬天，我习惯的是三十，尽管在年终总结时写的是三十一。

我们一家三口的第一次旅行就到了天涯海角。

掠过如沙盘的秦岭，穿过绵延的云层，看过天宇间的日暮，我们落在一个有椰风的岛上。

走得似乎有些太远了，黄土地变成了蓝色海洋。

走得似乎有些太快了，满天的飞雪变成了水中的游弋。

然而不变的是欢歌和笑语。

<h1 style="text-align:center">四</h1>

那年春天，我固执的是三十，不愿意让二的尾巴往右翘。

我选择了独行，是别无选择的独行，在烟花三月去了扬州，扬州有个好朋友。

行船于运河之上，我看见琼花绽放，硕大的花朵，纯粹的白，竟然就足以让龙颜为之感动，开启这条走过历史的河。

走过了历史，运河的水依旧连绵不绝。

走过了历史，扬州的曲仍然抑扬不断。

走过了历史，琼花开了又败，败了再开。

然而，只走过了春夏秋冬，我的三十就早已不再。

2003年6月。

走过了1999年的夏，

2000年的秋，

2001年的冬，

2002年的春，

我的30远去了。

别样下午茶

冷落了许久的小资最近好像又开始升温了，也许那个什么BOBO所要承受的艰辛不是每个人都能享受的，思来想去，城市的灯光还是最适合暧昧的小资生长。

于是翻出那件长长的可以及地的风衣，放下挽起了很久的发髻，在这个有着阳光的春日里，我打算去喝一杯下午茶。

很久没有这样了，我要把自己装扮得精致无比，对，就是要精致无比。

款款而行，我出门了。

阳光真好，蓝天真好，空气也真好。

绕过两幢楼房，就到了小区的大院子里，这里经常会有些小朋友跑来跑去，他们无忧无虑的样子，让我流连。

可是院子里的树依旧是沧桑的模样，想起来了，今年有个闰二月，也许真正的春天还很远。

院子里竟然没有孩子们的笑声？他们都干什么去了？

哦，原来这里支了一个劳作的摊子，一对夫妻在弹棉花。

那个男的带着一个大大的口罩，极舒缓地把已经弹松软的棉花铺开来，很小心。那个女的在仔细地打理着要网上的棉纱。

旁边有一些顾主在观望。

孩子们也被那劳动深深地吸引了。

我停下来，忽然想起自己也有很多棉套需要整理了，再说了，在小区的院子里遇到弹棉花的还真的不容易。

旁边那个总在院子里小坐的老奶奶对我说："弹吧，今天的天儿多好呀！"

是啊，今天的天儿多好呀，我也去抱出我的被子来吧。

匆匆忙忙又回到家里，拆被子，撤床单，然后我就忘了——忘了我及地的风衣还飘在脚边，忘了我散落的发髻沾上了朵朵绒絮，忘了我本是要去喝下午茶的，忘了我心底又生出的关于小资的梦。

阳光下，朵朵飘落的棉就好像春天的柳絮在飞，那一刻，可以升腾的不仅是温度。

看着那对劳作的小夫妻，有一句没一句地和身边的老奶奶聊着家常，我忽然有了喝下午茶的感觉。

生活，真的很平实，就好像弹过的棉絮会温暖如初。

2004年3月。

笔筒·花

弟弟送给我一只用香柏树根做成的笔筒，半红半白的，褐红色的是已经死掉的树根，而白色的据说是还活着的树根。隐隐的，有些柏树的香味。尽管我知道香柏是禁止砍伐的，但还是非常欣喜能够有这样一件美物。

香柏笔筒让我插花用了，大概插了二十只康乃馨。

两周前，我无意间走过早市上的花摊，康乃馨竟卖到三毛钱一只，我一下子抱了两大包，送了一半给朋友，剩下一包带回了家。

先生见我买花回来，笑问，心情很好还是非常忧郁？他知道我通常买花的心情无非如此。我亦笑答，都不是，是这花太便宜了，便宜得让我觉得这个价钱是对花的亵渎。

先生先是很吃惊我用了"亵渎"这两个字，继而大笑——贵的时候你抱怨，便宜了你也抱怨，那你定个价儿好了。我？我还真不知道这花该卖多少钱。

浸泡，剪枝，然后把花插进花瓶，心情真的很好，房子也多了颜色。房子通常很素，我挑的是水红色的康乃馨，此时，花更漂亮了。

过了两天，康乃馨全开了，我知道这种花的花期很长，能够开好久的。可是站在这花的面前，我却忽然有了些伤感，一旦花败了，我定是会弃之而去的。

真的，我真的不知道当时我是怎样想的，我把那一大把水红的康乃馨从花瓶里抽了出来，倒挂在阳台的晾衣架上。

我要把它们做成干花。

　　那些康乃馨慢慢地收缩着，外层的花瓣渐渐地变成了玫红色，中间水红色的花瓣越来越少，直到今天，它们都成了玫红色，花瓣紧紧地包裹在一起，似乎不会再分开。

　　我从晾衣架上把它们取下来，小心地，很小心地把它们插到了这只香柏笔筒中。

　　隐隐的，似乎那花飘散着一些幽香，我有些疑惑了，康乃馨是没有香味的，何况也已经是干了的？

　　我不知道我是不是应该继续思量下去——也许——香柏树根是有生命的，在泥土里有着自己的芬芳，康乃馨是有生命的，在阳光中有着自己的色彩。那么，现在呢？

　　窗外下着些小雨，淅淅沥沥的，远处不时有汽车驶过的声音，我静静地看着香柏笔筒里插着的玫红的康乃馨，灯光似乎也愈发柔和了。画夹上那个长跪的女子是不是也和我一样呢？只是我还没有想好在她的面前是不是也应该添上一个插着花的笔筒。

　　2002年初春，买花的那天阳光明媚，收到花的朋友笑容也很明媚。

冬至的饺子

冬至是要吃饺子的。

小的时候，奶奶包饺子，不是因为改善伙食，而是要把大家不爱吃的白菜帮子、肥肉油渣之类的东西处理掉。说来也就奇怪了，这些东西包到了饺子里，还真的就变成美味了呢！

然而记忆中奶奶包的饺子，起码有两次是很郑重其事的，一是大年初一的饺子，再就是冬至的饺子了。

冬至吃饺子是有说道的，但凡是那天吃过了饺子，就可以不冻耳朵了。

我相信，或者说，宁愿相信。

在入九的这天，吃一顿饺子，可以让所有在外奔波的，或有裘皮大衣裹身，或无棉袄避寒的人们可以不冻耳朵，这是一个多么美好的祝福呢！

我喜欢这个传统，在和着面、拌着馅、擀着皮、捏着褶的时候，我可以把每个手指头肚儿上都充满的深情淋漓尽致地放进饺子里去。

冬天的祝福，莫过于温暖，我喜欢温暖，温暖是有味道的。

那天一个朋友说，天冷了，还是用"捡一片阳光"这个名字吧，暖和。

就连名字都是可以带来温暖的，更何况祝福。

听歌儿的时候，知道了"汤婆子"这个名字，我猜想这个名字一定是在冬天取的，可以把自己比作汤婆子的人会是怎样的温暖呢？

喜欢冬季的温暖，喜欢冬至的饺子。

今年冬至，你也包饺子吧！

> 2003年的12月份，冬至将至。
> 写文字，于自己是抒发情怀，读文字，于自己亦是抒发情怀。
> 所以，读写之间我们只能渐渐明白自己，
> 对于他人，最多是有共鸣而已。就好像，冬至那日，
> 在北方是吃饺子的，到南方去就是吃汤圆了，
> 但，无论怎样，温暖未变。

拥　有

曾经拥有？

风，那种清凉的、温柔的、和暖的风啊，在哪里呢？在记忆里。只有记忆里的风才会如此这般令人缠绵。

雨，那种飘逸的、如诗入画的雨啊，能在哪里呢？在记忆里。也只有在记忆里的雨才能没有污秽，没有潮湿和阴冷，如此那般令人神往。

那么情爱呢？那种如痴如梦的，让人神魂颠倒的，可以倾城倾国的情爱啊，会在哪里？在记忆里。记忆里，有一瞬间，比如，一次回眸，一声问候，抑或一缕微笑，你一直认为它可以变成那种如痴如梦的，让人神魂颠倒的，可以倾城倾国的情爱呢！

可是，曾经拥有，会永远停留在过去，停留在过去的曾经拥有是没有生命的，如那风，那雨，那情爱。

天长地久？

汉乐府《上邪》中说："我欲与君相知，长命无绝衰。山无陵，江水为竭，冬雷震震，夏雨雪，天地合，乃敢与君绝！"

这可能是我们语言中对于天长地久最为典范的叙述了吧。

那么，这种天长地久的情爱会在哪里等我们呢？

会在一个美丽的清晨里吗？会在一斜灿烂的夕阳中吗？会在春风沐浴的花海花香中吗？不会。

天长地久，是永远在未来的黑暗中向我们招摇的希望。招摇在未来黑暗中的希望同样也是没有生命的。

现在拥有！

一个人和另一个人正在网上聊天，聊着一些关于"曾经拥有"和"天长地久"的事情，没有结论。虽然没有分歧，但也并没有像张小娴的文中那样，意见一致地把曾经拥有和天长地久都归于不同形式的地久天长和功德圆满。

于是，聊天也就没有了目的，闲散、随意。

突然一端停电了。

一瞬间，仅一瞬间，似乎就有了些许的变化吧——

依旧闲散、随意，但是多了没着没落，也不再气定神闲。于是，这一端会有些歉意吧，那一端会有些牵挂吧！

也是在那个一瞬间，终于，我知道了这个世界上真的无所谓"曾经拥有"，无所谓"天长地久"，无论风，无论雨，无论情，无论爱。那么，最重要的就应该是现在拥有吧。

嗯，现在拥有！

2006年4月。

打　球

朋友们相约下午去打球。我爽快地答应了。这些朋友还不知道我是不打球的。不打球，不是态度所致，而是能力不及。

我这人没什么特点，如果一定要找寻到什么的话，那么就拿体育来做幌子吧，我的体育能力极差，这也应该算是特点吧。

小学的时候，好像体育并没有在我的生活里突显出什么特殊的作用，但是到了中学，它就开始和我纠缠在一起了，很长一段时间都和我如影随形。

那时候，因为体育，我错过了几乎所有学期年度的三好学生评选。因为体育，我错过了让人垂涎欲滴的全国中学生暑期夏令营。因为体育，我还可能会错过中学毕业证！那我可就不甘心了，不是不甘心，是不能容忍。于是，早晨起来跑步，为了八百米测试能过关。老师说，五十米测试你肯定是过不去的，那不是靠锻炼能弥补的，八百米，还能试试看。就为那个试试看，我开始了每天早晨的跑操场行动。还有，我的仰卧起坐成绩是零。老师也说了，这个项目是可以练就的，你怎么就不用心呢？我真的很委屈，想想看，要是能做哪怕一个的话，那也好啊，咬咬牙，坚持再多一个就是两个，再多一个就是三个……可是，躺在那里一动都不能动，可怎么练就啊？老师见我委屈，心软了，那就去举重吧。老师说举重的讲究很多，但是我不管那么多了，只要举起来就算数。一根杠铃的杆让我获得了我的体育成绩中的最高分。终于过关了。

已经忘记了当年那些项目的最后成绩，总归是过关了，过关了就好。

年轻真好！那时候面对问题，尽管漏洞百出，但是能输得起。能输得起就能从头再来。

可是后来，再大一些的时候，就不是这样了，就开始输不起了。

同学们在晚饭后围成圈打排球，左一个，右一个，欢声笑语和起伏的排球一起在身边飞扬。可是那个球到了我的位置的时候，总是会飞得更远，飞得更高，笑声也总是会变了一些味道。咀品着那些笑声，尽管没有恶意，但是也终是不中听的，于是，远离。

从那次的远离开始，我就不打球了。

不打球，真的不是态度所至？不打球，真的仅仅因能力不及？

2006年8月。

城市柔软的爱意

听一位曾在香港居住过的人说，走在香港的街道上，最醒目的是黄颜色，是用黄颜色漆在道路上的行人路过标志。我没去过香港，但是我非常愿意相信就是那样的一种状态，在阳光下，醒目的黄颜色泛着温暖的光亮。

后来，我开始比较关注城市的颜色了，比如青岛的蓝天碧海绿树红瓦，比如北京的琉璃瓦紫禁城，比如大连海边的绿草地，比如北海岸边的银色沙滩，它们都有颜色，而且美丽。

陆续走过的那些城市，各有各的颜色，各有各的姣容。江南的温婉并不妨碍杜鹃的姹紫嫣红，北国的粗犷也不拒绝丁香的清雅素淡。

但是，那些留在记忆中的颜色，几乎无一例外的都与万能的大自然有关，都与璀璨的历史相连。而唯有那个道听来的城市里的颜色只与城市有关。

在城市的钢筋水泥的丛林里，城市人用醒目的黄颜色在城市的街道里作画，横的，竖的，倾斜的，那一笔一笔涂抹出来的正是城市人对城市人的关怀，一种在钢筋水泥的丛林里生长出来的带着湿漉漉温暖的情意，一种城市中的柔软爱意。

城市是有颜色的，我喜欢道听来的香港的黄颜色。

2006年9月。

闲散，随，无事生非

我最近不很忙，闲散。

闲散，于是，无事生非。

比如，我最近在练习瑜伽，没有什么章法，去健身馆里，赶上哪个老师上课就跟哪个老师，也没什么心得，没有感觉到安静，没有感觉到豁达，没有感觉到自然地融入，没有感觉到身心的美化，只有局部肌肉的不适，那种与原来松弛状态的对抗。对抗无济于事。

比如，读史铁生的《活着的事》，读得我心生忧虑，那种参不透生死而又装作与智者一样要笑对生死而生的忧虑，那忧虑一直往心的最底层钻，像游丝般的疼痛蔓延上来，让梦也变得有些古怪了，甚至恐怖也开始在窗幔的后面探头探脑。

比如，清晨起来，蹑手蹑脚掀开窗幔，发现原来摇曳不定的是阳台上的牵牛花蔓。阳台上没什么好花，但是植物的颜色仍旧本真。芦荟依旧茂盛，吊兰也郁郁葱葱，金枝玉叶虽早已没了刚入住时的袅娜多姿，但是叶片还是那么油油的绿，田七和牵牛花一样，枝蔓已经渐变干枯，叶子不再绿了，黄褐色浸了出来。反正闲着，整理一下那些花花草草吧，试图把干枯的藤蔓扯掉，可是，不承想，那牵牛花蔓已经缠绕在金枝玉叶和吊兰上，我这一扯啊，扯下一地的心痛。

心痛之后，知道自己做的事情几乎无异于无事生非。非，非常状态，无关于是是非非。

2006年9月。

中秋节之断想

先说说嫦娥吧。关于嫦娥飞进月宫的传说，我记忆中最久远的故事中说，后羿从昆仑山取回升天仙草后已是日暮黄昏，他疲惫不堪，交代嫦娥好生看管仙草，待第二日旭日东升时便可以和嫦娥双双飞向天宫了，随后，后羿倒头便睡。嫦娥，半夜里看见明月皎洁，按捺不住心中的向往，捧仙草入口，还没来得及喊醒梦中的后羿，自己就已经飞向了月宫……记忆中的这个故事到这里就结束了，不知道后羿醒来后找不到嫦娥，找不到仙草会做何状，不去管它了。不知道嫦娥飞向的那个月宫是不是她心存向往的地方，但由这个故事可以简单判断出，后羿，虽然射下来了九个太阳，但是他还是向往太阳之阳刚，所以他要等待第二天的旭日东升。而嫦娥，大概就是所谓阴柔的女性代表吧，选择明月也就不难理解了。

既然是断想，由嫦娥自然想到了天蓬元帅，但是他与中秋实在相去甚远，不说也罢。

还是回头说说那个后羿吧。后羿，自是英雄，不仅如此，而且他还应该是中国神话中浪漫的代表。他敢抬头去射下天空中的太阳鸟，他敢上昆仑山采摘升天的仙草，这些都是在离经叛道，但是他都做到了，浪漫不过如此。不过，当我们把浪漫加诸爱情的时候，后羿，就黯然失色了，浪漫的是那引领他上昆仑山的青鸟啊。那青鸟献出了自己全部的爱情，但是后羿，在天荒地老之后也没能感悟，但是这并不影响青鸟那段爱情的浪漫，那爱情无始，也无终。

中秋的话题里，无始无终的还有一个叫"吴刚"的人。吴刚，何许人？在我的故事记忆中，很零散，好像说是吴刚本天上的什么神仙，被贬入月宫伐树的。但是，这故事讲得很模糊，经不起推敲。天宫里的人物，都有些大而华丽的名字，怎么就吴刚的名字那么凡人化呢？且有名有姓，不像是神仙一样逍遥自在。如果，他真的是来自凡间的，那么，他又是怎么入得那月宫的呢？他也得过仙草？他也见过青鸟？他也和嫦娥一样受到明月的召唤？

在《山海经》的传说中，吴刚又叫吴权，是西河人。炎帝之孙伯陵，趁吴刚离家三年学仙道，和吴刚的妻子私通，还生了三个儿子。吴刚一怒之下杀了伯陵，因此惹怒太阳神炎帝，把吴刚发配到月亮上，命令他砍伐不死之树——月桂。月桂高达五百丈，随砍即合，炎帝就是利用这种永无休止的劳动作为对吴刚的惩罚。而吴刚的妻子对丈夫的遭遇亦感到内疚，命她的三个儿子飞上月亮，陪伴吴刚，一个变成蟾蜍，一个变成兔，一个不详。

只是有一点，人们在提及月宫时，嫦娥和吴刚好像永远没有同时出现过，嗯，永远没有，永远不会。这样，月宫的寂寥就无与人说，嫦娥怀抱玉兔舞，吴刚酒醉月桂下，如此如此。

2006年中秋。

知道曾经

　　去年秋天的时候我就听说兴隆山下的村子里有出租农家院落的人家，那时候我真恨不能时光倒流，好回到夏天去，让我可以有机会占有一个院落，享受一段田园时光的清丽，但是这是不可能实现的，于是我就把全部的希望都寄托在下一个夏天——也就是今年夏天了。

　　此时，这个夏天也可以算是过去了，一连几天的雨水打落了所有的炎热，夏也随之隐去了，隐去在阴凉的空中，渐渐弥漫起的是秋的味道，还有在这个夏天里的遗憾。这个夏天我还是没能去梦想中的小院落里小住一段时间，没能。

　　在夏天晴朗的夜里，是可以看见风的，散步的风，在旷野上漫漶亦舒展，偶尔去花木中小憩，惹来一片嘻嘻哈哈，连身子都抖动起来，笑作一团。这清朗的笑声我是好久都不曾听见了，在钢筋水泥的城市里，散步的风处处受阻，只要走过，就会被撞得满身伤痕，于是城市里的风都是呜咽着离开的。

　　在夏天晴朗的夜里，是可以听见星星们谈心的，忽隐忽现，起落婉转。我也是有好多年没能听到那种天籁的声音了，心中的盼望虽与日俱增，但那盼望中的声音却日渐模糊、缥缈，甚至连描述都已经苍白无力，印记也仅仅是知道曾经。

　　知道曾经，是那么无助的美丽，飘摇在记忆中的也就仅存知道曾经，这是一份怎样的凄清呢？在这有了秋的味道的雨天里，心底泛起的这一丝凄清可能会唤起一点点记忆中的温暖吧。

　　也许。

2007年8月。

关于永远

没有了歌词的曲子也会成为纯音乐的，这小桥流水的声音，这轻快的节奏，一样好听。

有一些问题，可能就是那些所谓没有结果的哲学问题，比如"永远"的问题。这个所谓的永远到底有多远呢？它有没有一个界限呢？一天、两天？一年、两年？无限的才算远吗？可是有人能达到这个"永远"吗？我不知道……也不想去考虑了，因为这样的思考的确很辛苦。但是，关于永远，又让我想起了很多事情……

记得进行专业学习的时候，得知黑白照片如果保存得好的话，可以永久保存。什么就是永久保存呢？——就是在你可以预知的时间，它存在——只要，在可以预知的时间里，它存在，就是永远。

那么，当人的思想一旦停止，也就无所谓有无永远的概念了吧！也许不。也许，思想可以延续，就好像柏拉图的，好像孔子的。

思想，我所指的思想是浅意义上的思想，也就是说人的思维。

记得有一篇文章，说一个失去丈夫的老太太，她努力地活着，甚至是艰辛地活着。艰辛可以想象。她说，因为，只有她活着，她的丈夫才可能活着，活在她的心里。

也许，只要心里还有生命，哪怕还有记忆，

那么它就是活着的，它就在步入永远。

这个老太太很深情，也很可敬。因为她已经不是简单意义上的活着了。

如果 我能够
那么 让一切记忆为你停留

在美丽的季节
与你的擦肩而过
凝结成冰藏在我心的最底层

如果 我能够
那么 剪一段风吧
吹走所有关于你的苍白
或者
捡一片阳光
送入心中

这么说来，即使是无生命的，哪怕是灵魂，也是可以永远的了。

这也许就是关于永远吧。也许也是关于瞬间吧。

2007年12月。

饺子就是家

昨天回家的时候，一进楼门就听到当当当当的声音，上楼闻声寻去，原来是三楼邻居家的声响，听到声音就知道是在剁饺子馅，那一瞬间，我突然有了一种很冲动的想家的感觉。

想家，想爷爷、奶奶健在的时候的那座小院落，天冷的时候屋子里会支起一个煤烤箱，围着那炉火烤红薯，烤馍馍片，烤花生米……天再冷一些的时候，大家都不愿意去院子里的厨房做饭了，于是就搬了案板、面盆进屋来，围着火炉叮叮当当地剁馅包饺子，那一炉温暖也被包进了饺子里，吃进了肚子里，随之心也就踏实下来了。

想家，想娘家父母的家，小时候我们姐弟俩都不好好吃菜，母亲总是试图想一个好办法让我们能多吃一点蔬菜，办法终于是被想出来了，那就是吃饺子。记得那时候在家里吃饺子是要挣分数的，吃一个饺子得五分，我很轻松地就可以得满分，但是弟弟总是勉强挣到六十分，这可能也是导致我现在仍然喜欢吃饺子而弟弟不再喜欢吃饺子的原因吧。但无论怎样，当年家人一起吃饺子算分数时的欢声笑语却一直印记在我的心里。

想家，想先生的父母家。先生家里兄弟姊妹多，每次回家都有人丁兴旺其乐融融的感觉，每次回家也都会包饺子。包饺子的时候，大家齐上阵，于是也就有了各式各样的饺子，虽不是百花齐放，但也是五花八门，有一点一点捏出来的月牙形，有铿锵有力挤出来的满月样，有小巧玲珑的袖珍型，也有大肚能容的饱满状，还有孩子们临时即兴做出来的麦穗啊、老鼠啊、草帽啊……可丰盛了。

想家，就是想饺子。

2007年11月。

这喜欢，于我已经成一种情结

我特别喜欢那种质地比较厚的领子也比较大的不很服帖的大扣子的半长风衣，有点像以前说的"列宁装"的那种式样，但是那种款式的服装一直不适合我，这样，于我就有了一种情结，期望，期望中远离，远离之后再期望。

忘记了是因为什么样的原因让我对那种款式的风衣情有独钟，但是理性地梳理来龙去脉，却也找到了一些蛛丝马迹。

那种款式的风衣给我的感觉是温暖的，厚厚的材质，应该是羊毛或者厚亚麻的——把尘土和喧嚣阻挡在外面，却舒展每一根纤维，吸满阳光的明艳，混着树木，甚至烟草的味道，好像傍晚袅袅的炊烟笼罩的村庄，安静温暖。

那种款式的风衣给我的感觉是不羁的，那份随心所欲的自由应该是旅行的衍生物，不，似乎还不是，那份随心所欲的自由应该是从心底里爬出来的，因为这衣服穿在身上带来的安静温暖让心底里最捉摸不定的招摇也探头探脑。

那种款式的风衣还会给我一些沧桑的感觉，似乎就是除却巫山不是云的无可奈何的感动吧。若再搭上两条从发际垂下的长辫，我想我就真的可以看得见那穿越了时空的一份忧郁了。

无论怎样，这喜欢，于我，已经成一种情结。

2008年10月。

幻变，鼓浪屿

我一直以为我是到过鼓浪屿的。甚至所有为之杜撰的情景都被幻变成了记忆，清晰，自然，牢固，挥之不去。

鼓浪屿的海应该是一片小小的海吧，安静地游走在一个一个的小岛身边，温柔，体贴，从不会汹涌澎湃，潮起潮落时也只唱起悠扬的歌，或简短的欢快，或辽远的深情。

鼓浪屿的小岛应该会和着海浪的节拍起舞，在天宇间摇摇晃晃，连带着岛上的房屋，街道，路灯，都好像迷醉了一般，起舞，在深夜的风里，在清晨的空气里。

那些房屋的石头围墙上还藏着一些静悄悄的秘密，窗沿下刻的那朵稚菊，一定是那个害羞的男孩偷偷敲玻璃时留下的，还有青苔，那里的石头上应该长青苔吧，还有青苔上能显出的心形，一个套着另一个，不分开，分不开，就像摩挲出它们的握在一起的两只手。

街道上有来来往往的人，阳光屏蔽了他们的声音，只有画面，一幕接着一幕上演。路边的咖啡座简单，雅致，于是一个精心的邂逅开始了，对面那女郎撩起低垂的发看向远方，目之所及是透明的天空，除了风，没有云，她也是在向往一次精心的邂逅吗？我的眼光迎了上去。

初启的路灯，昏暗极了，映着天边还没有完全消失的光芒，越显得不自信了，然而倚着它拉琴的小伙子却越来越自如了，低回婉转，跌宕起伏，一步一步走向人的心底，扎进去不出来了。

原来正是潮起时。

我一直以为我是到过鼓浪屿的。甚至所有为之杜撰的情景都被幻变成了记忆，清晰，自然，牢固，挥之不去。

2008年年底。

目标，和其他一些

《读者》上有篇钱理群的短文，谈及生活的、工作的、学习的目标，说大大小小的目标，只要有就会有动力。读到的时候颇有些感慨。这段时间我过得有些散乱的忙，但总体上是无所事事的样子，只是因为那些散乱的事情，让日子显得很好打发，一晃一个昼夜，再一晃又是一个昼夜，匆匆地，就把这二〇〇九年带过去了半个月。

理发店里的那两个学徒的男孩，个子很高，但体格很单薄，一看就还是小孩子，尽管已经显露出宽宽的肩膀。学徒是两个勤快的小伙子，把不大的理发店打理得很利索，有客人进门的时候，他们都礼貌地打招呼，得体地询问……

那位老奶奶进门后说是要把头发全部剃掉，说得很坚决，一闪念，我猜想怕是要做手术吧，果然，在后来不多的几句对话中证实了。那个小伙子请老奶奶去洗头发，老人家稍一迟疑，走去盥洗盆了，忘记了是在哪部影片或者电视剧里看到过一个场景，剃头师傅对要剃头的人说那么直接剃就好了，剃都剃了，也就不用洗了。

热水，洗发液，高高挽起的毛巾，然后那位老奶奶坐到理发的座椅上。也许，清洗头发只是职业习惯，但我的内心依然充满了感动，这感动就像那个小伙子给老人家梳理头发的动作，整齐从容地梳过了我的心。那个小伙子没有拿剃刀，也许他还不会用剃刀呢，他用电动推子，随着细细密密的嗡嗡声，花白的头发一绺一绺飘落下来，并不规则。

像对待其他客人一样，再次冲洗，吹了热风，在老人家戴了帽子、随行的女儿付了费用之后，那个小伙子推开玻璃门，道再见，送她们离去。

客人走了，理发店里清静了很多，小伙子打扫台面、地面，再坐下来，从兜里掏出烟来，点了一支，很老练的样子，有些年龄之外的姿态。小伙子小心着不让烟灰落下来，积攒得足够多了，才走去门口窗台的烟缸旁轻轻弹掉，一支烟只去弹了一次，第二次就已经去熄灭了。

　　小伙子有些腼腆，看见我看他时就微微低下头去，理发店的确不大，除了镜子，几张贴在墙上的海报，一个三位沙发，一个盥洗台，再就是我和这两个小学徒了，正是午饭时间，师傅出门的时候说是去吃酸汤面了。

　　另一个小学徒在给我卷头发，一直在我身后，没话。

　　他们都有目标吧。

2009年元月。

那些一瞬间

昨天和朋友们一起小坐，一位朋友谈及了多年以前的那一瞬间的刻骨铭心，我为之震撼，在似乎有意调侃有意渲染的语气背后，我能体会到那一瞬间的情怀又一次爬上了朋友记忆的眉梢，暖洋洋的，让眼角都飞扬起了一份甜蜜。不能追问情感的继续，因为很多情感只生存在记忆的空灵之中，它不是故事，不需要序幕，不需要曲终，它是凝结在镜头中绚烂的烟花，看似寂寞，却永远绽放。

一瞬间的刻骨铭心是可遇而不可求的，那是一份上苍的眷顾，不是每个人都能有幸与之相逢，所以珍惜就成了弥足珍贵的情怀。当我们学会了珍惜的时候，当我们学会了用珍惜的情怀接纳世间的人和事的时候，也许我们就会突然发现那一瞬间的刻骨铭心可能会随时与我们擦肩而过，而发现只需要我们一瞬间的停留、回眸。

《士兵突击》里袁朗与高诚的那段对话——高诚：我酒量一斤，陪你喝二斤吧。袁朗：我酒量二两，陪你喝舍命。那一瞬间我泪流满面。

《亮剑》中楚云飞和李云龙大闹县城，面对一屋子鬼子汉奸，楚云飞亮出双枪：我要这些乌龟王八蛋干什么……那一瞬间我内心剧烈颤抖不能自已。

《青春之歌》，江华在那个夜晚对林道静轻轻耳语：今晚我不走了。那一瞬间我脑海中那万千的波澜促就的不可名状的情感至今仍可体会。

一瞬间的情怀不仅可以飞驰过岁月沉积在心里，一瞬间的情怀还可以深深地融入思想时时指引着我的心，并为我的心找寻依托。

《小路》，这首苏联歌曲，就是在一个并不晴朗的午后走近了年少的我，而且在那一瞬间走进了我年少的心，成了我年少时对于爱情的全部诠释，全部憧憬，全部寄托，仅那一瞬间的感知，就铸就了我最最坚实的爱情观，尽管那时候这一切又都显得那样的模糊，缥缈，却也美丽，妖娆。

能够写在这里的一瞬间只是众多影响我的瞬间中小小点滴罢了，因了朋友谈及的刻骨铭心，让我又从心灵的深处把它们翻拣出来，应该说还有些什么吧，但也许那些瞬间沉积得更深一些，那么也就不去费情地找寻了。

2008年3月。

恰似你的温柔

一段很美丽的音乐，忽然就响起来了，又在我刚刚陶醉于其中的时候戛然而止，戛然而止的还有那份缠绵于音乐中的安静。恍惚的我好像看到了水面上安静的涟漪，轻荡，无从依托，又从不迷乱，似乎渐逝渐远，却未曾消失，漾动春天的风，忽远忽近地来了……

起了风的天宇，满是颜色，大团大团的湛蓝涌动而来，丝丝缕缕的嫩黄翩跹起舞，紫色和橙色飘荡且无孔不入，还有一小块一小块的浓艳的绿包裹着各色的浅，浅粉、浅灰、浅栗、浅浅的思念……

当思念被着上了颜色的时候，我宁愿它是浅浅的悠长的戛然而止的那份安静……

这两天阳光很好，我们这里的太阳只要一出来就是那种全心全意的样子，晒得地皮暖暖的，光着脚踩上去，很舒服，但是现在还没到可以长时间赤脚的季节，光着脚踩在地上时间长了，就会感觉到由地底下冒出来的丝丝凉意，潮潮的，好像春天涌动的气息，随着那缕缕气息，万物就复苏了。

花都开了，很漂亮，想起去年的这个时候我抓台相机到处跑的样子，好像镜头里的那些花儿都还栩栩如生，那份掩藏在欢喜甚至亢奋之下的焦虑和不安也历历在目，现在想来自己觉得挺能理解的，但是今年春天的这份慵懒、安逸倒是让人不免觉得有了几分伪装。这么看来，真真假假，假假真真，其实都是生活中再自然不过的东西了，谁又能言其本来面目呢？或许本就无可言说本来的面目吧……

每到了这个季节，看到那些灿烂的花儿，我就会想到唯有此时，唯有此时我才会感觉到生命的热情澎湃，才会有些许近似于狂热的冲动，让我能够感觉到这种力量，也许这是上苍的另一种形式的恩赐吧。

阳光就这么安静地洒下来，恰似你的温柔——恰似你的温柔，歌声也正好缓缓地流淌开来，阳光中，歌声中，感受一种恩赐，体会热情澎湃，真好。

2008年4月。

冬的记忆

汪国真是个诗人，还记着他
是因为他的一首诗：

开头

从春到夏
从夏到秋
你在寻求
我也在寻求
也许命中注定了
我们还不该聚首

该是冬了
冬，似乎不是好兆头
真的不是吗？
——从冬天开始
不正象征着
从纯洁开头

这首诗是先生送给我的，那时我们还是朋友，真不能想象并不喜欢
诗文的先生，那时是怎样找到这首诗的。

其实先生只是知道我喜欢诗，可是他并不知道我是不喜欢汪国真的。

然而，对于冬的记忆似乎永远是那片白茫茫的雪。

那年冬天，天气好像不是很冷，也许是因为我一冬没有出门的缘故
吧！总是半躺在床上，看窗外灰灰白白的太阳，看没完没了的液体瓶子，
然后偷偷地写或长或短的文字——妈妈不让我写字，说是那样会很累。

那年春节，我没有在家过，并且我忘记了，那年我是不是吃了饺子。

在那个不冷的冬天，我全然不知地就与那位似乎所有人都在躲避的君王打了一次招呼，很可惜，那时候写下的文字都弄丢了，我真想看看我是以怎样的心情面对了那个不冷的冬天。

一声门响之后，屋里就剩下我一个人了，应该说，病房里就剩下我一个人了。我趴在床上，看着眼前的赞美诗，这是我第一次见赞美诗。那是刚才几位老太太，小脚老太太来念给我听的，在我记录下来，并且准确地复述了之后，她们高兴地说，主与我们同在！我谢过她们，她们称我为姊妹。

那几个被我叫做奶奶的，却称呼我为姊妹的老太太，齐声地咏着赞美诗，赞美之情溢于言表，让我看见了她们一张张脸上绽放的花朵，安详、美丽。这让我突然之间有了一种幻觉——也许她们就是天使，轻盈的会飞的天使。专注地看着我把她们美丽的语言写在纸上，又用近乎崇拜的眼神掠过那些文字，她们一定相信，那些文字也会随着她们轻轻的仿佛梦呓般的吟诵飞向远方，追随着她们美丽的希望。

在那个冬日里，我的希望呢？只记得我放弃了一个希望，又拥有了另一个希望！

是啊！结束于冬的一个希望，留给我一片白茫茫的回忆，宁静。开始于冬的另一个希望呢？为我展开了一片白茫茫的未来，深远。

这深远的未来不就是先生想要给我的吗？从那个冬季开始，我的手就再也没有感到过冰冷。

于是有了一个奇怪的想法，或许我们的爱情只适合在冬天生长！

这的确是一个奇怪的想法！

其实我知道，就在那个冬日，在不经意的一瞬间，我们都成了彼此一生的牵挂，就好像刚才先生打电话回来，问我在这个雪天里，手是不是冰冷！我真想说，是呀！可话到嘴边却变了：买件毛衣吧！不然回来时会冷的。

雪还飘飘扬扬地下着，丝毫没有要停下来的意思，真没想到今年的雪就这样来了，固执地飘落，不在乎最终是不是还能维护那纯洁的尊严。

2002年10月22日飘雪的晨。那个冬季，雪来得早。

整理心情

从我有了那一张属于自己的小床开始，我就热衷于不断地改变床上的花被单，床架上的塑料花，或者是那些书本的摆放样子，甚至与寝室里的舍友换遍了床位。

这个爱好伴随我到现在，有增无减。刚结婚时，和先生守着一间十二平方米的小屋，除了单位发的桌子、椅子，再就是床和沙发了，其余家具一应没有，但是这并没有影响我今天把桌子搬到窗下、明天又把它挪到门边的兴趣。

那时很多同学、朋友都还是单身，总愿意到我们的小屋坐坐、聊聊，每次来，不变的一句话总是：又变样了！接着大笑，不忘警告我说，照你这个样的搬法儿，还不把我们兄弟累坏了！

从来不知道先生是不是也那样认为，只知道每次我的心血来潮都会在先生的汗流浃背中得以实现。慢慢地，我发现先生比我会设计、会摆放，这更让我满心欢喜，大概这就缘于我仅仅是为了某一个角落而突发奇想，而先生总是要为我考虑整个房间吧！先生是个务实的人。

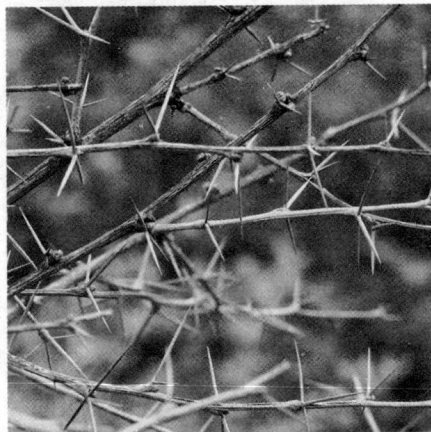

在经过了无数次挪东挪西、搬来搬去之后，我渐渐地发现，几乎每一次我吵着要搬家具的时候，都是为了某种心情的改变，或者由郁闷到喜悦，或者由散漫到牵挂，或者由简单到复杂、由烦乱到安静，诸如此类，反复无常。但是无论怎样，每次的辛劳之后，我都会如释重负，豁然开朗。于是感悟，我整理的其实并不是家具，而是心情！

整理心情——这个发现让我激动不已，欣欣然告知先生，谁知他仅一笑，说道：早就知道了，要不，怎能毫无怨言？

现在，我又想搬床挪桌了。

2002年秋天，我们再一次兴师动众地把孩子的房间和我们的房间对调了。

一间房

和我年龄差不多的人可能都还经历过排队等房子的事情吧。

在没有亲戚、家人的城市里，结婚不仅意味着两个人爱情的成熟，而且更多的是让两个人有了家的感觉。

家，于我们，那时就是一间可以独立拥有、自由生活的房子。

我们的第一个家，在单身楼上，是一间不足十二平方米的屋子。装下我们所有的东西，还显得空荡荡的。于是我在墙上贴上了各种姿态的剪纸，让房间活起来。

后来，慢慢地，我们从外面拖回来了大一点的书桌，大一点的衣柜，大一点的沙发。

屋子变得拥挤了。这时我才发现，拥挤的原因是我们没有一间厨房。

是啊，一个家怎么能没有一间厨房呢？当我把做饭的家什搬到走廊里的时候，我甚至觉得我的家被拆开了。

我迫切地想要一间厨房。

然后又是排队了，尽管艰难，但是如我所愿，我们终于有了厨房。

慢慢地，我又发现我们得有自己的厕所，那时还谈不上对卫生间的奢求。

再后来，我们有了一整套属于自己的房子，一整套！那天我开心极了，以为自己会满足了。

但是，我就好像《渔夫和金鱼》故事里的妇人，没过多久，我就开始盼望能有一间真正的和卧房分开的客厅了。

再后来，我有了客厅，但又开始计划要有孩子自己的房间。

再再后来，我又开始为拥有我的书房而努力。

就这样，我就这样一直为了一间房，幻想着，奔波着。

曾经和朋友们在一起开玩笑，说有了书房，我还会想要一个服装间的，然后，我还会想要一个工人房的，甚至，我会想要一个库房，可以有一些工具，让我自己动手做一些居家用的什么东西。

我就这么幻想着，奔波着。

写着房子的事情，忽然想到了一些关于心房的事情。

我们总是说心房的，还为心房安了一道门，叫做心扉。

人的心房能有多大呢？

这心房是装得下天的。心中会有阳光明媚，也会有阴雨霏霏；会有月下小酌，也会有流星飞泪。有云飞来的时候，可以投下一片影子，怡然自得，也可以是乌云密布，电闪雷鸣。

这心房是装得下地的。心中有春回大地的萌动，也有万里雪飘的冰封；有荷塘寂寞蛙鸣，也有秋风落叶低垂。可以是黑土地的富饶，也可以是黄土地的贫瘠，可以是岩浆喷发，也可以是大河、潜流。

这心房还是装得下心的。当一颗心中装进了另一颗心，那么，心就有了伴儿，不再孤单。无论这心在心里是欢唱，还是哭泣，是聚首，还是远行，心都有了家。

2004年初，单位要筹建新住房，那段时间大家讨论最多的就是关于房子。

河和河上的桥

天气越来越冷了，午休吃饭的时间也就越来越长了，甚至用一两个小时，借玻璃窗来过滤冬的寒冷。

可是，今天，天气不错，心情不错，于是我想起来要去看看铁桥，看看黄河。

冬季的黄河岸边，少了许多的喧嚣，多了一些清冷。不经意的时候抬头，忽然看见路边的柳树上竟然还有着许多的绿叶，很是吃惊，仔细看来，原来是被北风风干了的春的记忆。

冬日的黄河水是碧绿的，就是翡翠的那种绿色。不相信吗？那么有机会来高原看看吧！这条从远古走来的河流，在这个喧闹城市的冬季里安静平和，犹如一个鲜嫩的姑娘。河水悠悠地打着旋儿，偶尔泛起几个深深的漩涡，才让人们知道它依然湍急。

不远处就是铁桥了，这是黄河上的第一座铁桥，被誉为黄河第一桥，是在光绪三十三年，一九〇七年开始建造的，改变了"天下黄河不架桥"之说。桥的南端依然耸立着锈迹斑斑的黄河船柱，历史的沧桑都在锈迹中淡然远去。

铁桥上有五个拱形，全部是钢结构，桥下四个桥墩，坚实地矗立在河水之中。没有夸张和矫揉造作，就像黄河一样安详。

走上铁桥，可以感觉到有丝丝颤动，来自脚下的颤动会在突然间触及内心最敏感的情怀，那是一种古老的、朴素的心悸。面对这座快要走过一百年沧桑并且打破了黄河神话的铁桥，我除了深深的崇敬还能有什么呢？

颤抖还在脚下，并不断上升，甚至让我的头发都开始颤抖了，在这河面的风中。

我是在从桥南往桥北走，脚步很慢，想细细体会每一个脚步带来的心情。忽而有些沉重，因为流失的岁月，和历史的印记，忽而有些兴奋，因为行走在铁桥上，我感觉到了岁月的宽容，和历史的睿智。

站在桥的中央，就好像站在了岁月的面前，夏时风，秦时月，好像一下子都涌了出来，再看滔滔的黄河水，我有了一种幻觉，似乎我就穿行于历史中间，来去自由，无拘无束。

桥的北端，立着一个只有1.8米高的"门"，是在限制汽车的通行，也就是说，只有轿车可以通过这座桥。这是今年才实行的保护措施。看着小车从那个矮门下来往，忽然想笑，或许，历史也会有道门吧！那么，我可以在历史的门中穿梭往来吗？

过桥，就到了白塔山的脚下，铁桥端端正正地在白塔的下面，山因白塔而得名。据说白塔歪了，进行了扶正，可是我还是无法辨认那塔是正还是歪。记得佛经上讲，心正则塔正，那么，我宁愿相信它是正的。

不管怎样，当年把桥址选在这座塔下，一定是有道理的吧！那么，建桥的人一定认为塔是正的。所以，桥也就这么一站一百年，而且还要继续站下去。

这座铁桥真的很漂亮。

银灰色的身体，在阳光中散发着时尚的信息，高贵、典雅。即使在逆光之中，虽无法辨认颜色，但钢铁的品质却依然显现，犹如一副历史的剪影。

在这条母亲河上一站一百年的感觉会是怎样的呢？我已经感觉到风有些凉了，不知道铁桥是不是也能感觉到这微凉的风？

2002年冬天，印象中那年冬天很干燥。

忘不了那份荒凉与情谊

前年九月底,我和朋友去宁夏的沙湖,像预想的一样,沙湖真的很美,而且我们自己带车,更添了几分随意。

快乐的旅程让我们觉得时间过得很快,三天后我们的返程开始了。

由于司机对路线的错误判断,我们有了下面的经历,也由此让我对这片土地有了新的认识。

我们的车进入了西海固的北部。西海固——宁夏的西吉、海原、固原,中国最穷的地方,是不是该加上个"之一"?也许不用。我们走的那段路正在修筑之中,七十公里,走了三个多小时。不时地,我们停下来,下车,为了让车轻一些,好过去那些沟坎。路修筑在大山之中,满眼的全都是荒芜的土地,地表是些七零八落的细细的毛草。除了那条路,没有任何人类生活的痕迹。走了很久,看见了一辆"三马子",就是三轮农用车,我们真的好兴奋,那车上的人都用头巾抱着头,不论男女,是挡风的。他们拉的是羊皮,真不知道他们还有他们的那些羊是靠什么过活的。

大概走到这条路的一半时,我们见到了修路的民工,那份欣喜无从言表,两个小时的恐惧盼望的就是人的踪迹。停车,问路,年轻的民工告诉我们不远了,就到国道了。我们把车上带的矿泉水送给他们几瓶,带着一份满足,挥手,再见。

车开出去十来米，回头张望，年轻的民工正在研究那水，他们的脸上也是笑容。

　　路，其实还很远。

　　不久有一辆解放卡车从后面追了上来，超过我们，一看那车，就知道是报废了的，别小看它，在这样的路上它可比我们的车神气多了。看着它超过我们，然后消失，我们还在不停地停车，下车，再上车，感慨着这片荒凉，并且拍摄没有人迹的山梁。

　　远远地，我们又看到了那辆车，那辆超过我们的报废解放卡车。近了才发现那是一个岔路口，一条路宽，一条路窄，卡车停在宽的一边，我们跟了上去，和开卡车的师傅攀谈，他告诉我们要走窄的一条路，因为他看到我们的车牌，猜想我们的方向。指路之后，卡车走了，就像超我们的车时一样，开得很快。

　　我们一直相信那位师傅停在那里就是为了给我们指路。

　　之后的路轻快了许多，因为我们都被那份浓浓的情谊感动着，我们不再抱怨"误入歧途"，甚至开始庆幸有了这段旅程。不久我们上了国道，坦途让我们昏昏欲睡，再不久我们回到了整日生活的城市，华灯初上的城市似乎美极了。

　　然而，总是有些什么改变了，我在那之后的很久一段时间里，都在想，在回忆那份荒凉，还有荒凉中的那份情谊。

　　那条路大概已经修好了，有了路之后那里会多一些车来车往。

2003年2月。

散步心情

操场边有一片树林，听说学生们把那里叫做"爱情角"。

晚上去散步，顺着操场的跑道走，必经那片树林。树已经绿了，树林里也有了依稀可见的人影。散落在其中的几株丁香，飘着淡淡的香。

春色正浓。

我走着，呼吸着春的气息，不知不觉已是第三圈了。

刚走过那片树林，从后面跑上来一个学生，经过我身旁时，慢下来了。与我并肩，说：

老师，你是不是觉得你应该走快点？我已经看你走了几圈了，也许你应该走半圈，避开这里。

我一愣，随即笑了。我知道他一定是想好了怎么说才张口的，也许还犹豫了好久！

我笑过之后，对他说：如果未名湖畔只有学生，那么它就不是北大了！

那学生先是一愣，随即笑了。加快一步，到了我的前面，冲着我深深地一鞠躬，跑开了。

已是夜了，风很大，吹走了许多，也吹来了许多。

记起上学时，每到周末去参加舞会，舞会一般都在学校体育馆开。每次总有一位老师——是个个子很小的老太太，她总一个人跳舞，姿势优美极了。偶尔有个男生邀请，那位老师也不拒绝，笑盈盈的，很是好看。同宿舍的女孩也总是说起，如果我们老了，也应该像那位老师一样，笑盈盈的。

猜测中，那位老师一定曾有一个很好的舞伴！

今天在这夜风中，我真的觉得我也成了风景！

2003年春。

想念一位先生

　　大概是在大学三年级的时候，我们开了一门叫做《古代印度文化史》的选修课程，我之所以选修了这门课，是因为刚刚修完的《基督教史》。上《基督教史》的时候，老师曾多次带我们去教堂学习，我也就理所当然地盼望《古代印度文化史》的课至少可以带我们去寺庙学习了。当然，后来知道这只是个盼望。

　　《古代印度文化史》的先生名叫高兴，第一次上课的时候，先生把自己的名字写在黑板上，我把先生的名字记在笔记中。先生的个子不高，南方口音，六十岁上下，带着可以认定是度数很高的眼镜，上课的时候总是会把一些字一笔一画地写在黑板上，比如："八正教""《摩诃婆罗多》"。

　　其实，那门课程对我来说几乎没有什么帮助，即使是当时，也只是为了完成选修学分的要求。但是，先生对我的影响却是深远的。

　　上学的时候，能够得到老师的认可，多半归功于我记笔记的功夫。十多年前的大学里，教材是匮乏的，大多数的课程老师用的都是讲稿，课堂上学生们的一项主要的任务就是完成笔记，而我的笔记一向被认为是很好的。

可是，面对先生，我知道了自己的肤浅。

也许是厌烦了笔记本的呆板吧，我的笔记用的是散张的白纸，一页一页的，摞在一起包在更大的一张挂历纸中，自以为很自由洒脱。

课程结束的时候，先生要检查我们的笔记，这已经是例行公事了。我把积攒的厚厚一沓儿白纸交了上去，等待着也许这位先生会表扬我呢。

应该是一周以后的事情了，笔记被一个同学从先生家里带了回来。我的呢？那个用大大的挂历纸包着的笔记不见了，一个新的面孔呈现在我的面前。白纸做的封面，白纸做的封底，黑色的上了胶的鞋带儿装订在左侧，还有先生的字——古代印度文化史笔记，就连我的名字也被先生写在了封面的下角。

有些迟疑，不，是有些忐忑，很小心地翻开我的笔记，几乎每一页上都有红色的字迹，要么填上我漏掉的字，要么改正我写错的字，甚至是我使用不当的标点符号。

那一瞬间对我的触动深深地印在我思想的深处，融汇成了一种感动，而且随着生命历程的延续，这感动不断地变得凝重，渐渐成为一种态度，一种生活的态度。

2003年春末。

并不是为了哗众取宠而使用"先生"一词，记忆中"先生"和"老师"的称呼是有不同的。没有浮华躁动和做作，有一种固守、坚持、沉浸、春风拂面的感觉，这种状态真好！

风的作业

离开教室的时候，风的心里充满了愉悦。

老师要求大家去做一个参与式观察的作业，观察在晚上七点半至十点半的时间段里光顾酒吧的人，其身份情况，伙伴情况，消费情况。

虽然只是个作业，但这为风去酒吧提供了一个再正确不过的理由。

风其实很喜欢酒吧的那种气氛，柔柔的灯光，淡淡的花香，轻轻的音乐，静静的呢喃，一切都是那么完美，还有传统的红酒，或者哪怕是一杯果汁，风是不喜欢那些怪怪的叫不出名字的鸡尾酒的。甚至，风还幻想可以燃一支烟，带入些缥缈的感觉。

但是风的先生是不喜欢酒吧的，这一点在风的面前，风的先生表现得很坚决，不像平时事事对风迁就。也正是这样，风的两次酒吧之行，都是在百般纠缠之后由先生陪同的，尽管灯光柔柔，花香淡淡，音乐轻轻，呢喃静静，但是，风总觉得在先生焦急的目光下，那红酒的味道不很诱人。

而今天，今天的作业是一个再好不过的机会，老师说了，这次作业要单独完成，为的是避免观察者之间的相互干扰。多好！风有了单独去酒吧的理由，就算是带着任务，而且被作业严格限定了时间，但是，毕竟这是一件倾心已久的事情呀。

现在的问题就是要选择一个合适的日子了。

风的手机响了。听完电话，风的笑容更加灿烂了——风的先生告诉风今晚有业务，要很晚回家。风决定了，就在今晚吧。

时间这个时候走的是有些慢了，风想。一切都准备妥当以后，风到了"昨日重现"的门外，这里是风心仪已久的地方，咖啡色的门窗，套着纯白色的框，就和风心中勾画的昨日小屋一模一样，还有线条简单的窗棂、低垂的窗幔，都是风喜欢的风格。

七点半，风准时地找到了一个不起眼的，但是有良好视线的座位，把身体陷进软软的沙发，风轻轻吁了一口气，一杯红酒在手，荡漾开来，悠然自得。

风开始做作业了。

右边较远的地方，藤椅围着的桌旁坐着四个人，两男两女，年纪三十岁上下，统一的西服套装，两位女士也不例外。他们谈话的声音听不到，偶尔会有一两声笑传来，四个人轮流接听着一部手机。风想看来他们是老朋友了，而且还有着共同的朋友，大概是同学吧。他们的桌上是红酒。

还是右边远一些的地方，沙发里有三位男士，三位男士的穿着很休闲，桌上摆的是扎啤，刚才风已经问过了扎啤的价格，知道今晚这三位男士的消费不会低了。

左边是临窗的，只有一桌坐了两个人。他们，有二十岁了吧，或者还不到，女孩抱了一杯果汁，男孩呢，背对着风，风没能看清楚。女孩总是说着说着就低下头，玩弄那只装果汁的杯子，很羞涩的样子。风认定他们是两个正要涉足爱河的少男少女，有一些青涩，也有一些向往。

风的座位对角一端有五个，不，是六个人的一桌，他们的声音最大，在打牌，风不喜欢他们，也就不愿一再看他们了，幸好他们离风还算远。

天越来越黑了，酒吧里的人也越来越多了，风每隔十分钟一次的实地笔记也密密麻麻地记了不少。一边记着，风一边在想着什么：原来来酒吧的人不少呢！都市的气息是不是这夜晚酒吧的气息呢？怎么没看见只身来酒吧的人呢？看来先生说的还是对的，哪能像我现在这

样只身坐在酒吧里呢？

想着想着，风有些坐不住了，尽管是坐在一个幽暗的角落，但风现在觉得似乎所有的人都在看着她，似乎她成了所有人的观察对象。

离开的念头越来越强烈，风叫了买单。

服务生笑容可掬地走了过来，手里拿着风的单。

风的眼睛一亮，不是看服务生，也不是看单，风看见了跟在服务生后面进来的新客人。

风又叫了一杯果汁。风想留下来，但是不想失态。

新来的客人一男一女两位，坐在了仅剩的一处别无选择的空桌旁。风细心地观察着，那位女士的笑容浅浅的，像是浮在脸上，在柔柔的灯光下，若隐若现。借着桌前的一株棕榈树，风知道自己的观察可以是肆无忌惮的。

听不见他们说了些什么，只见那位女士很优雅地低头、抬头、笑和皱眉，不时地用手指拢过眼前的发。

风就这么远远地看着、看着。

女士侧身翻包，男士也开始翻包。一闪，打火机亮了，男士熟练地为女士点燃了手中的烟。透过刚才打火机的亮光，风看见了美丽女士的手指亦是芊芊的美丽，连着玫红色的指甲。

风的手很漂亮，认识风的人都这样说，还说风的手是很有福气的那一种。风的指甲是修长的，但是从不涂指甲油，因为先生说涂了不好看。

风也会抽烟的，可这只有风自己知道，在绝对的一个人的时候，风会自己点燃一支烟，看袅袅的烟飞升，看落落的灰飘散。风的先生没有抽烟、喝酒的嗜好，这一直让风感到欣慰，毕竟烟、酒伤身的。

风的思绪一下子跑得很远，眼前的一切似乎也就成了空白。风抱着那只装果汁的杯子，忽然想起了那一对儿少男少女，目光寻去，那里已经换了客人。一阵沮丧袭来，这作业做的，连观察对象走了都不知道。

风看看表，这是风第几次看表了？终于是十点半了，作业时间到了，可以准时离开了。可是风知道这个时候是走不了的，因为风的目光一直就没有离开过那对男女，也不可能离开；因为风的腿有些酥软，尽管第二杯风叫的是果汁；还有，风的泪未干。

在风的观察笔记中，有这样一些文字：

实地笔记——一男一女，三十多岁，衣着考究，笑容浮动，开启一瓶红酒。

个人笔记——先生今早出门的时候穿的是这身衣服吗？

方法笔记——角落，静观，有泪。

2003年夏，因为写作要求，费了些心思。

风的电话号码

晚上的时候，风才醒过来，风是真的醉了。

上午，从很远的地方来了一个朋友，这个朋友已经有十几年没有见面了，也疏于联系，突然的造访让风多多少少有些吃惊。

来的朋友名字叫书，但是和风在一起的时候却是一个从不愿读书的人，尽管当年读书就是他们那帮子人的天职。

书仍然像当年一样随意，随意地喝着风为他沏的茶，随意地与风聊着现在的工作、生活和过去的时光点点。

风很好奇，询问书是怎样找到她的，对这个问题书也表现出很浓厚的兴趣："是啊，怎么找到你的，连我自己也纳闷儿呢，你十年前的电话居然没有变！"

可不是嘛，风的电话自开通以后就没有变过，十年了，尽管家搬了一次又一次，尽管手机接二连三地换，但是这一部固定电话真的是没有变过。

书还在感叹着："要找你太容易了！"

"嗯。"风也这样想。

就像喝茶一样随意地，书提到了另一个名字。另一个名字在风的心里咯噔一下，停住了——林——这是十几年以后第一次听到吧。

书喋喋地说着关于林的各种各样的消息，有十几年前分配时的机遇，也有今天一帆风顺的仕途。

风静静地听着，偶尔起身为书续上茶水，并报以认同的微笑。

"还记得那个没回家的假期吗？"书像是在问风，又像是自己问自己，因为在那个时候，每个假期，风都是规矩地往返于大半个中国之间。

书谈得很尽兴，"那个假期，我和林都没有回家，那小子动不动就闹失踪，我问他是不是处女朋友了，他还竟然敢说没有！"

"他不是毕业以后才找的女朋友吗？"

"哪呀，毕业以后才找，他能有那么好的运气？只不过那个时候，无论是他，还是他找的那一家儿，都不希望公开罢了。"

——

一片落叶从窗口飘了进来，风的窗前有一株丁香，总是在五月绽放清香，而在这个秋季里挥洒别情。

"你知道我为什么让那个电话保持了十年吗？"风像是在问书，又像是自己问自己，因为她根本就没有想着等待书的回答。

风想起在临别的时候，林的话——现在也不可以吗？为什么要一直拒绝我？

为什么要拒绝林呢？也许从来就没有为什么，就好像风这么久地留着那个电话号码一样，从来就没有为什么。

随后的午宴上，风喝了酒，喝了许多酒，酒后的风也只是去睡了，睡到晚上才醒过来。

2003年9月。

小颜的婚事

小颜和小良是我的学生，他们明天要结婚了。

他们在做学生的时候，就和我们家来往很多，渐渐地也就成了我们家里的常客，也就成了我们家先生和孩子的朋友。

小颜长得很清秀，有着南方人的俏丽，而且很能干，正所谓是心灵手巧，但说着一口不很标准的普通话，这一直是我很遗憾的一件事情。我曾信誓旦旦地许诺，要教会小颜说普通话，但是我的力量实在是抵不过她生长生活了十多年的那片土地。并且，从她身上我总结出了南方人说普通话的一个很大的障碍，就是不会儿化音，只要一碰上儿化音，她的舌头就不再灵巧了。

小颜很会做饭，而且是喜欢做饭的那一种，住单身的时候，就置办了一整套厨房用具，开始了津津有味的厨房生涯。这和我很不一样，我喜欢的事情，往往都是不现实的，比如说流浪。这不仅让我有时候很羡慕她——可以静下心来做自己喜欢做的事情，而且，也让我重新审视自己的生活态度，我是应该实际一些的。

小良在学校的时候，属于那种女孩子很喜欢的男生，不仅长得很帅，而且很会讨女孩子欢喜。但是对于小颜，他很是全心全意，小颜也正是因为小良的爱情才留在这座城市的。

十一前，两个人来看我，告诉了我们他们的婚期，并且说结婚的时候，想让小颜从我们家里嫁出去，也就是说要把我这里当做娘家。说这话时，显然他们有些紧张，大概是怕这要求不合适吧，但是我却是很高兴的，很高兴他们能这样看待我们的关系，尤其是小颜，我很愿意她可以把我这里当做是娘家。

小颜是湖南人。

她真的是因为爱情才留在这座城市的。

我收拾着家里的角角落落，孩子的零零碎碎，想要在明天的时候，让小颜感觉到这是一个整齐温馨的家。把那一盆昙花从阳台上搬到了屋里，细细地擦拭着每一片绿叶，希望这深秋的绿能够给房间里更多一些生机。

明天，小颜就要走上人生的另一段旅途了，小良，也不再是她的男朋友了，应该叫做丈夫了。丈夫，这个词有着多深的意义，担负着多重的责任啊！

以前，总觉得婚姻是两个人的事情，但是跟随生活进入婚姻以后，我才慢慢地体会出了更多的东西。婚姻，简单地来讲是两个人的事情，但是又不仅仅是两个人的事情，而且是两个家庭的事情，或许可能是两个民族的事情，甚至可以是两个国家的事情。这让我又想起了文成远嫁的故事。

我把核桃、红枣、苹果、花生装在盘子里，仔细地检查着小颜明天要带的东西，小心地把大红的喜字儿贴在花瓶和镜子上，自己心里也充满了这些吉祥物品带来的幸福的感觉。

一边做着这些事情，一边和先生回忆着当年我们的婚礼。

希望明天艳阳高照。

2003年10月，那个秋好美。

花　花

　　花花属狗，而且生月小，所以从小一起玩儿大的朋友都叫她"狗尾巴花"。习惯了，倒也觉得顺耳。

　　今年过年，花花依然很安静，安静得像老祖母膝盖上的那只猫，那只猫也很老了，老祖母说它老得像七十岁的自己。

　　最早，在花花刚离开家的时候，每到过年，花花都盼望着回家，尽管外面的世界很精彩，可是，回家在花花心中还有着另一层用意，她可以把爸爸栽的满院子的米兰捎一株回来，让自己的单身宿舍香气宜人。

　　可是到了后来，花花开始害怕在过年的时候回家了，因为自己的婚事成了家里过年时的全部话题，尤其是在小两岁的弟弟结婚以后，花花开始找借口避开在过年的时候回家，可是，没有一次可以成功，不仅因为家中的盼望，而且，还因为花花也在念着那些米兰。

　　自从三十岁的生日过了以后，为花花张罗介绍男朋友的人渐渐地少了，稍稍熟悉一些的人会皱着眉头，但是让人感觉是很温馨的抱怨——花花呀，你到底在挑什么呀？

　　是啊，花花想挑什么呢？如果说，二十岁的花花在学校可以算得上是校花的话，那么，三十以后的花花可就没有了年少的资本。

面对别人的探寻，花花只是一笑，一笑足以。也只有花花自己知道自己这是病了，这病就从那米兰的花香中飘出来，虽然清淡，却久久不散。

青春短暂吗？其实真的不短，这不，花花的回忆一下子就回到了二十年前，二十年，真的不短。

那时正在读中学的花花是出名的好学生，也许所有的好学生的标准花花都占全了。但是有一件事情，花花知道无论老师还是家长都是不允许的，那就是她在和石头来往。

大家都叫他石头，石头，是在学校的要求下，让家长领回去的，因为打架的时候石头打破了另一个学生的头，那个学生的爸爸是市教育局的一个什么头头脑脑。

那是高一。

在街上溜达了一年多，石头参了军。

集训之后，石头被分到了特务连。为了这个"特务连"，花花没少笑出声来。

再后来，要打仗了，是真的打仗，不是演习，去老山，老山——在那个时候，不是地名，是个概念。

石头跑回来一次，对花花说，等我打仗回来，就去考军校。

什么时候回来？

米兰花开的时候。

米兰花开了，开过了千朵万朵，开过了春夏秋冬，开过了微笑与烦恼，开过了花花的大学四年，开过了湿的枕边、红的眼角，开过了花花从江南到北疆的每寸旅途。

在米兰的芬芳中，花花记住了一个词：英雄。

——等我打仗回来，就去考军校。

——什么时候回来？

——米兰花开的时候。

也许这可以算是一个约定，也许，这什么都不算，是不算数的，可是它成了花花心中不解的情结，它让花花漫步安静的青春，却不忍离去。

盼望着，花花可以走出米兰花开的时候。

2004年2月，春节之后，寂静中。

阿 文

阿吉打电话来，阿吉是旧时的一个同学。他说他找到了阿文的手机号，匆匆来告诉我。

……

"那么，你和阿文联系了吗?"

"没有。我一知道就来告诉你。"

"是吗? 你也不试试，能打通吗?"

"能打通吧，号儿是从阿文的哥哥那儿找来的。"

"好的，我会找时间和阿文联系的。"

"嗯。"

……

放下电话，虽然有一阵的恍惚，但还是意识到该去做晚饭了。晚上是准备烙饼的。

烙饼的时候，还是想着阿文。

那时，我们年少，好像一群春天里的土拨鼠兴奋地谈论着夏天的原野一样，我们热切地盼望着未来，就好像未来的五光十色已经绘在了我们的身上。

尽管那时我们都在学着齐秦的声调唱那首《外面的世界》，尽管在那歌声中，我们不仅听到了精彩，也听到了无奈。但是我们依旧盼望着。

高中的生活是单调的，单调依然美丽。

清晨走进教室，是单调地朗读，但是从那时起我就开始喜欢朗读了。当然，阿文比我读得好。

课间有广播体操，我总是很认真地完成每一个动作，就好像现在花钱去健身。同样，阿文还是比我做得好。

中午我们会夹在嘈杂的学生群里，大声喊着说再见。

最美好的时间在下午，因为下午我们会有很多的自修，而且还有一个课外活动——这个课外活动时间一直被我们的班主任保留到了高中毕业。我和阿文会绕着操场跑步，边跑边聊，边聊边笑。

　　偶尔，我们还会在一个有着阳光的下午，偷偷地跑到学校背后的小山上去，躺在农人弃在田地里的麦草上，看草、看树、看浮云，谈着各自的理想。

　　是的，那时我们是有理想的。

　　阿文的理想最美，是要做播音员的，还要写文章，写属于自己的文章。

　　比起阿文来，我显得很笨拙，除了喜欢物理实验室以外，我只知道考学是我仅有的出路。

　　就在那些个美丽得似乎可以抓得住的日子中，我们的友谊慢慢地生长，一转眼就亭亭玉立了。

　　高考终于来了，是的，是终于来了，并不像想象中的那么恐惧。我们相约去看考场，去熟悉那被誉为是我们的战场的考场。一路上我们还是说着笑着，而且约定着我们的友谊，我们的友谊决不会因为高中的结束而结束。

　　这是我们的约定，是我们年轻时候的约定，是见证了青春年华的约定。

　　高考，一座独木桥，我们很幸运地挤了过去，只是，理科考生的我们，一个去了英语系，一个去了历史系。

　　入学以后的深秋，阿文给我寄来了信，英语的，我开始逐字逐句地翻译，很吃力，因为那时我正在啃《古文观止》。

　　我们的信就在英语和古文之间行走了三年多的时间。其间，会在一个很热或者很冷的时候，中断，添加一些欢声笑语。

　　就在我们都以为自己长大了，可以进入一个自主的、自立的、新的生活的时候，我们突然地就断了联系。

断了联系，就好像当年约定友谊时一样，自然极了，没有一丁点的别扭。之后，谁也没有再找过谁。也正是这一点，让那些旧时的同学很不解。

其实，到现在我自己也不能解释什么，也许真的就是一种冥冥中的直觉呢。

不知道，阿文是不是可以有自己的解释。

后来的所有关于阿文的消息都是从别人那里知道的。

听说，阿文去了深圳，那时的深圳，是刚刚起步的特区。

听说，阿文辞去了工作，开了公司，那时的公司是刚刚兴起的产业。

听说，阿文结婚了，夫妻双双去了新加坡，因为那里有产业。

听说，阿文离婚了，回来了，自己带着孩子，孩子长得很像阿文。

现在又听说，阿文开了两家洗浴中心，做得很大，很漂亮。

都是听说，我已经厌倦了，但是我又不能让自己放过每一次听说的机会。

不知道岁月在我身上涂上痕迹的同时，是不是也会让阿文改变？

不知道时间让我后悔了当年联络中断的同时，是不是也让阿文有了些遗憾？

不知道家庭生活让我学会了居家打理的同时，是不是也让阿文适应了家的琐碎与零乱。

不知道。

但是有一样我是知道的，阿文不会烙饼。她说过，想吃烙饼的时候会想起我。

真希望现在阿文可以想起我。

锅里的饼该翻个儿了。

2004年3月。一线黄土山，驮着多半个太阳，橘红色的，映红了天边的云，山也更加黄了。小河泛起阵阵金色的涟漪，树梢晃着。夕阳落着，只剩下了小半个身子，仍在探寻着这条小街，一条铺着小石子路面的小街。这是记忆中的一道风景，很美，好像阿文一样。

小涵姑娘

凑巧得很，最近总是有小涵的消息。

离开原来的单位，也就离开了一些人，一些很投缘的、称得上是朋友的人，还有一些不很熟知的、只有点头之交的人。小涵和我只有着点头之交。

小涵毕业分到单位的时候，我已经有了孩子，碍着年龄和经历，我们只是客气地打招呼，客气地来往。

最近的关于小涵的消息不是很好，说是小涵结婚了，但又生病了，怎么会这样呢？

说实话，小涵给我的印象还是蛮深的。刚来的时候，小涵胖胖的，丑丑的，是啊，一个刚毕业的女孩子，被人这样形容是很遗憾的，小涵也实在是显得有些孤单。

我和小涵共事的时间不长，很快我离开了那里，而小涵还留在那里，一直到现在。

小涵的恋爱过程也不很如意，这其中有一个比较大的打击，谈了一段时间而且感觉还不错的男友到单位接她，见到小涵和其他的俊男靓女走在一起时，就和她散了。为此，小涵伤心了很长时间。

小涵知道自己的容貌，但是长期以来的学校生活并没有让小涵为此伤神，然而此时，我想小涵是彻底地伤心了，不然她不会疯狂地减肥。

小涵减肥是在我离开那里以后的事情，听说，是到了几乎不吃任何主食的地步。减肥是很见成效的，瘦了以后的小涵我没有见过，也只是听说，似乎好看了一些。

后来的事情不很清楚了，反正是结婚了，在去年的冬天。

可是，结婚不久的小涵就住进了医院了，进进出出，反反复复。

在断断续续的关于小涵的消息中知道，她的病是因为减肥弄的。

听说最近她又病了，我想也许我该去看看小涵的，带一束健康饱满的马蹄莲。

2003 年夏天。

阳光中的逝去

　　窗外艳阳一片，天空中连一片云彩都没有。空气被太阳烤得炙热，无论盛开的鲜花，还是灰调的楼房，一切都在这空气中静置着，没了生的讯息。

　　十年前的初秋，那时，我第一次，是的，是第一次接触到死亡。她，我的同学的同学，一个善良的女孩。记得她到我们宿舍来玩，我还为她吹过头发，她的头发软软的，有些黄。我们在一起很开心，我们宿舍的女孩都是那么喜欢她。她是师范学校的，然而就是在那年的教师节的早上，她被从那深深的美丽的南湖的水中托了出来……在那天晚上，我们宿舍的女孩都为她，那个只走过了二十春秋的她写下了深深浅浅的文字。那晚，我看着天上的星星，数呀数呀，奶奶说每个人都是天上的一颗星星，如果谁死了，那么天上就会有一颗星星落下来。可是，我终于也没有数清有多少颗星星，也没有看见有星星落下来。

　　那晚，我哭了。

　　年轻的岁月很容易带走以往的忧伤。然而……

　　在大学的最后一年里，我的外公去世了。外公是一个农民，一个吃苦耐劳的农民，他不仅养大了六个孩子，还为六个孩子的孩子来去奔波。我出生以后，妈妈没有奶水，饥饿的我在死亡的边缘啼哭。外公为了有钱给我买吃食，他挑着自己做的豆腐翻山越岭，今天到这儿，明天到那儿，有时一天要走上百里路。豆腐换成了钱，钱又换成了奶粉，奶粉喂活了我……与其说是奶粉喂活了我，不如说是外公的汗水喂活了我。

外公去世的消息妈妈一直没有告诉我，也许妈妈是怕我一人在外，伤心了没有人安慰吧。其实，当我知道了以后，我感觉到的是一种恐慌，一种从未有过的恐慌。我害怕，自此以后，我的那些至亲至爱的人会一个一个地离我而去。很久以后，跟妈妈谈起这件事，妈妈很伤感，但她却说我是杞人忧天。我知道那是妈妈用她的方式安慰我。

我结婚了。我有了自己的孩子。带着我的孩子，去看望我的爷爷奶奶，屋里屋外的人都说可真是好啊，四世同堂。人们赞美着，我们幸福着。

爷爷、奶奶在几年以后相继去世了。再回到老屋时，我注视着二老的遗像，呼吸着尘土的气息，品尝着泪水的滋味。我搜寻屋里的每一个角落，想找回童年的影子，我的童年就是在这里和爷爷、奶奶一起度过的。童年已经跑得无影无踪，所能浮在眼前的只有黄土坡上我的恸哭，红色的棺木在黄色的土地上显得那么的不真实，满堂的儿孙离得咫尺之遥，可是谁也无力牵住他们离去的脚步。那时，我昏倒了，同来的人手忙脚乱地摇着我叫着我。事后，有人说按迷信讲，那是爷爷、奶奶舍不得我。真的，我宁愿相信那是真的。

今天，在我写下这些文字的时候，我的楼下正摆着长长的一排花圈，那些花圈在强烈的太阳光底下，显得也是那么不真实，那么刺眼。去世的人我不认识，听说是个女的，是个三十岁的女人，她的孩子五岁了，在老家。"孩子很可爱"，见过的人都那样说；"孩子真可怜"，今天的人都这样说。院子里安安静静，没有哭声，不像其他的丧事。听说她的妈妈得了癌症，她的婆婆有严重的心脏病，这事没有告诉双方家里，所有来的人都是同事和朋友，可以看得出，他们把泪流在了心里。真不敢想那失去了女儿和儿媳的两位老人知道后是怎样的难过。没有听说她丈夫的情景，我想那是人们不忍心谈论那个男人的悲伤吧，那会是怎样的心痛，我不愿也不敢想。听说那张遗像中的她笑得很美……

1999年初夏。

我是怕死的。

——我这样说的时候，有朋友告诉我说，

那是因为我还年轻，有太多的东西割舍不掉。

我说，如果我死了，我希望有朋友可以常常想起我，念叨我。

——我这样说时，有朋友说我口无遮拦，乱讲话。

我们的传统中，对于死，是忌讳的，

于是，我们把思念都埋在了心底，生根也好，繁衍也好，但最终是不能让它发芽，这真的是很不忍的事情啊。

因为思念

那一晚我睡着了，睡得很沉。

我看见奶奶走了进来，奶奶来告诉我说她要一把伞，可我分明看见她手里拿着一把伞。

那是老历的十月初一，奶奶是来看我的。

自从奶奶去世以后，我很少梦见她，有时候，在临睡前，我会仔细地想上一会儿，希望我能看见奶奶，可是，每次我都会失望。而那个晚上我看见了奶奶。

自小和奶奶在一起，我身上有许多痕迹是奶奶留给我的。可我又真的不知道那是些什么，反正别人都这么说。

听说奶奶吃过很多苦，很能干，可是，我记得奶奶总是有些腌臜，她告诉过我她是大家里出来的。奶奶对我很好，可是现在我也几乎想不起来那些个好是什么了。不知道，会不会在有一天，我会把奶奶忘了。

记得奶奶以前是抽烟的，一种叫黄金叶的烟，烟总是在手上，好像从不离开，但是，后来奶奶把它戒了，因为奶奶得了哮喘病。每到冬天的时候，奶奶就会用大量的时间躺在床上，然后告诉我怎么踩到一个凳子上去抱下来那个装着饼干的罐子。我还一直记得那个罐子，是个瓷的，有花，奶奶去世以后，我没有能找到它，要不，我会抱走的。奶奶在冬天很少管我，总是希望我爸能早点儿来把我接走，总是说到了冬天我就不听话，学习成绩也不是很好之类的话。于是我喜欢夏天，夏天的时候，奶奶可以给我做好吃的炸酱面，尽管，我也会偶尔想起那个装着饼干的罐子。

奶奶戒了烟，后来又用一种针灸的方法在夏天的时候治哮喘病，身体慢慢地好了起来，甚至，在冬天还能坚持她的那一套甩臂健身法。只是，那时候，我已经不在她身边了，我上中学了，回到了我的父母那里，奶奶也开始带她身边的另一个孩子——姑姑的女儿了。于是我不再是她的唯一，她还有了另一个，现在，这个小表妹也上了大学，偶尔会在星期天来我这里，我很高兴她来，并和我说说我的奶奶，她的姥姥，我的祖母，她的外婆。

戒了烟的奶奶一下子胖了起来，而且是很胖，肚子变得很大，每走路都会气喘吁吁，我问是不是哮喘病又犯了，奶奶说不是，说是因为肚子太累赘。我上大学以后，知道了原来还可以减肥的，于是欣欣然写信告诉奶奶。谁知，这让奶奶很不高兴，大概是因为老人们是不愿意以瘦为美的吧！后来我买了神功元气袋，告诉奶奶说是可以健身，于是，那个红兜兜被奶奶戴了很久，其实，我是想用它让奶奶减肥的。

奶奶终于还是瘦了很多，那时我已经有了自己的孩子，而且，现在才知道，那时奶奶的身体已经很不好了，瘦了以后没多久，奶奶就去世了。

我有了孩子以后，奶奶好像并没有很兴奋的样子，很长一段时间，我都认为那是因为我不是孙子，而是孙女，生的孩子是外姓的原因。可是慢慢地，在奶奶去世以后我才体会出来，那是因为奶奶已经没有了兴奋的精力，奶奶已经老了，似乎很老了。

我不知道老会是怎样的恐怖，为什么人们都不愿意老去。但是看着奶奶的老去，我想也许那并不是一件可怕的事情，更多的会是一种无奈吧。

奶奶会絮一床很舒服的被褥，现在我还有一条奶奶絮的褥子，很软。那年闹地震，奶奶家里的床都做上了防震顶，于是叫我们都过去住，这样才会安心。地震终是没有发生，可奶奶的被褥都被我们祸害了个遍。还记得我盖的那床有着大红花的被子，后来我几次试着找到那样子的一个被面，可这么多的商场都转了过来，还是没能看见。那床被子，好像在奶奶去世以后，连同一些奶奶喜欢的东西一起烧掉了。

那个晚上，奶奶是来过的，她说她要一把雨伞，是的，一把雨伞。

我是不是也要把一把雨伞烧掉呢？

我该怎样送给我的奶奶一把雨伞呢？

我的奶奶为什么会要一把雨伞呢？

是不是她还记得，每次下了雨，我都会在校门口等着她来接我？

2001年深秋，因为思念。

半件毛衣和我未启的爱情

我们上学的时候，学校里男生和女生是不分楼的，当然，别的宿舍楼男生、女生会分开楼层，可是我们住的这栋宿舍楼，男生、女生是住隔壁的。

其实，这样挺好的，宿舍楼里会很安全，从来也没有发生过什么偷盗了、窥视了之类的事情，而且，我们楼里的男生、女生也总是衣冠楚楚，就算是盛夏，也极少有男生光着膀子在走廊里晃荡，这让我们女生感到很自在。

当然了，这样的住宿对远道而来的朋友们就显得更为方便了。

那时候，有同学来学校玩，总是要留宿的，而且楼管也极为和善。

我记得那天晚上，我端着脸盆，从水房回来，我们的走廊很长，我走得也不快。迎面碰上健，健说正在找我，说他的一个女同学来了，想要住在我那里，我说可以。他又拿出钱和粮票，说是第二天一早要我照顾他的女同学吃早饭，而他怕他会起晚，错过早餐时间。我瞪了他一眼，他收起钱和粮票，笑笑。

他转身和我一起往回走，健的宿舍和我们宿舍是斜对门，我们的往来也就比较多一些，算得上是比较铁的关系。

回到宿舍，我告诉舍友，晚上健的女同学要过来住，她们就开始起哄了，说什么刚才健就来过了，知道你不在，就什么也没说。又说，咦，为什么健一定要把女同学交到你的手里呢？是怕你多心吗？哈哈……

那笑声真大，我们已经习惯了肆无忌惮地讲话，同宿舍的姐妹们相处得很融洽。但是我想那晚大家嬉笑着说的话一定被健的女同学听到了，因为我们的话音还没落，健就已经领着他的女同学在敲门了。

门是开着的，门上挂着一扇半长的门帘，那是学校统一配发的。

健陪着他的女同学和我们聊了一会儿天，就回去了。我送他出门，走廊上，健说，谢谢你。我笑笑。健也笑笑。健笑起来很好看，是那种男孩子的舒展，我几乎到现在还能想起来。

一夜无话。

第二天一早，我去打饭，问健的女同学喜欢吃什么，她说什么都可以，很真诚、很自然的样子。

说真的，我已经忘了那天早晨我们吃的是什么了，但是，我记得那天我也为健买了早餐，豆浆、油条。那是我唯一的一次为健买早餐。

在健过来接她女同学的时候，她的女同学带上了我为他买的早餐。

过了一会儿，健和他的女同学要出门去玩，路过我们门口的时候，健喊我，要求我和他们一起去。我出来了，健的女同学也说我们一起去吧，很真诚、很自然的样子。

我说，不去了，今天还有作业。

那天我在图书馆待了一整天，因为那篇让人头疼的学期论文。两天前，我看见健的作业就写完了，他总是那么快。怪不得，一起上课的有四个班的学生，老师会一下子就喜欢上他，当然，按老师的话讲是欣赏。

下午的时候，有同学过来提醒我，那天有我们系的篮球赛。我没去，因为我的作业还没完成，但是我的脑子里满是健投三分球的样子，健命中了三分球，总会回头对场外一笑，我也总会迎着他的微笑，微笑。不过，没关系，今天场外有他的女同学也会迎着他的微笑，微笑。

晚上的时候，健和他的女同

学又来敲门了，我看见健的手里多了一个大包，他的女同学说是她的，昨晚没拿过来，今天拿过来。

于是，我们又聊了一会儿天，然后，健回去了。我送他出门，健说，她的女同学明天一早的火车走，让我不要准备早饭，他送她走，会在外边买早点的。我说，知道了。

回屋，准备睡觉，宿舍里的姐妹们，也因为有客人在，都早早地洗漱上床了。

健的女同学在整理她的大包。

"你看，这件毛衣好看吗？"健的女同学从她的大包里拿出来一件正在编制的毛衣，枣红色的，已经织了半尺多长了。

"你看，这件毛衣好看吗？"健的女同学再问。

我刚才没有回答吗？——"哦，好看，真好看！"

"你说，他穿上好看吗？"

"谁？啊，啊。好看，好看，一定好看。"

"嗯，我想也会好看的。"健的女同学说着，很真诚、很自然的样子。

第二天一早，很早的时候，健的女同学就起来了，我也一同起来，我们等健过来送她。我说还早，可是健的女同学有些着急了，就去敲健的宿舍门，于是，我听见窸窣的声音，健起来了，出门，带门。然后，健的女同学回我们屋拿她的大包，我送她出去，我看见健正在穿衣服的另一支袖子。然后，他们就走了。

健的女同学回头对我说，再见了。

健回头对我说，回屋再睡会儿吧。

我回屋，转了两圈，没什么事做，又上床，于是，再睡会儿。

同屋的姐妹们有人起哄，昨天有了好开端，今天怎么不去买早饭了？

我说，我不会织毛衣。

后来，我还是去看健打篮球，还是在健投了三分球以后，迎着他的微笑，微笑。

2005年7月。

给孩子织的毛衣快完工了，心里满是欢喜。

眷恋深秋

又是深秋了。

从昨天开始，这句话就一直在心中萦绕。

我知道，又是深秋了。看见阳光暖暖地照
着，心也懒懒的。每到深秋时节，我都倍感阳光
的珍贵。

早晨的时候打电话给朋友，想要问问他是不
是有时间去拍那组向往了很久的深秋印象，可惜
没有人接电话——他也在忙着，像我一样，忙得
几乎忘记了那许多的心中向往。他还不知道，我
又有了一架好相机。不过，近来我也是真的有些
累了。

每到深秋的时候，我就会想起很多似乎应该
是已经被忘记了的事来。先生说，那些事只有他
才能了解。是呀！生命是有背景的，就好像对深
秋的眷恋由来已久一样，也就难怪我会在又一个
寒露来临的夜里不禁唱起那首老歌——《爱在深

秋》。

一直感觉到深秋是一个飘逸的季节，是穿着长裙的季节，是散开长发的季节，是能够想起爱和忧伤的季节——透过手中的烟，甚至依稀可见那爱和忧伤。

忽然之间喜欢上了抽烟，不，应该说是喜欢上了抽烟的感觉。看着烟头忽明忽暗，心也忽远忽近地飘浮，似乎停止了想念，但又有许多的往事爬上了眼角眉梢。顺着淡淡的烟，我仿佛真的看见了爱和忧伤。

眷恋深秋，还有它的颜色。此时所有的颜色都像是喝醉了酒，浓烈，奔放。就连落叶，也在临行前被披上了盛装。

阳光透过一片一片飘落的叶和一树一树没了叶的枝杈，洒在地上，斑斑驳驳。顺着弯弯曲曲的小道，盘旋在山麓，满目是红的叶。

拾起一片落叶，仔细看那苍劲的叶脉，忽然懂得了那正是我寻求已久的爱恋。整整一个夏季的喧嚣与热烈，此刻都沿那叶脉流走了，只留下这条褐色的灰暗的有力的叶脉。也只有这叶脉能记住整个生命——春的生机，夏的豪迈，还有在深秋中的满目的红色，那是在孕育了一春一夏之后让血染了色的红啊，那是在经历了华丽与富贵之后被爱情灼烧了的红啊！

——深秋和它的红，诱惑了我。

在这个时候，是很容易透支御冬的热情的，我就常常是这样，深秋时节，已感到冬的寒冷。那么就储蓄些容易被透支的、御冬的热情吧！

今天我采撷到了一缕阳光。

这深秋的阳光，好暖。这好暖的阳光，在思念谁？

如果你在春天看到了果实
请不要狂喜
也许那只是一枚苦涩的青杏

如果你在夏天看到了落叶
请不要沮丧
也许那是一片已久的珍藏
所有的爱恋都汇入了叶脉

如果你在不经意的时候看到了我
那么请你记住我的容颜
也许这将成为你一生的风景

　　那么，就让这风景永驻在深秋吧！

　　在这安静的飘逸的季节里，我愿意将我再次埋入我的心底，像那条海底的沉船，再次尘封，任那水草蔓延滋长，以遮挡生了锈的门和窗。

　　很向往月华如练的夜晚，也许那时我会浮出海面，听美人鱼唱歌，歌声中，有水手游过来，和那个人鱼一起跳舞。

　　我的生活就像这深秋一样安逸，只有在看那个人鱼跳舞的时候，我会情不自禁地抬起脚，看看自己的趾尖。

　　在这深秋的季节里，我又开始了我的梦幻，连同袅袅的烟，一起飘浮，飞升。

　　真的又是深秋了。

2003年深秋。

二〇九九年五月的雪

五月的雪，
是为我下的。

我是今夜你窗前的那枚雪花。
你听得见吗？
我在风里悄悄地呼吸，
想唤你出门，
好轻轻落在你眉梢，
在你不经意的时候，
再轻轻亲吻你的脸颊。

可是，
你没有出门，
你喜欢五月里婉润的细雨。

在我写了这样一段文字之后，我不能继续了。前几天看了一篇
小文章，作者说闲来无事，所以挂在聊天室里看聊，看见一女子的

名字飘入，幽幽地与别人说话，有人——一男子名字的人淡淡地告诉该女子，说你也就是一工业酒精。什么是工业酒精？那男子继而淡淡地解释说，工业酒精，就是甲醇。——假纯，假装纯情，抑或假装纯真，抑或假装纯洁。无论如何，都不是什么好的态度。无论如何，这个假纯都是冲着那女子的年龄去的。

忘记了那篇文章的作者作何感想了。但是，我想我的第一反应就是我越发地不敢说话了，弄不好，我也就是那个什么工业酒精了。

但是，不说话，不说话就能逃得了假纯吗？

那，可就真不好说了。

这是一个什么年龄呢？这样的年龄，我们还能不能言浪漫？还能不能言恋情？还能不能言幻想？

我不知道。

所以，面对五月的那场雪，我又怎能言尽心中所梦所想呢？那本就是因为心中的梦想，而生出的一个文字向往。然而，此时，我怕是无力为之。

心中的梦想会随时随地升起，就好像看见你的时候，脑际中飞旋起的鸽子，布拉格广场的鸽子，还有温暖的味道。

温暖的味道，是很早以前用过的一个名字，从语法上来讲，这是一个错误的搭配，但是我喜欢。让我比较兴奋的是，前两天听广播的时候，竟然听到了这个词，那个播音员正在送出温暖，正在让大家感受温暖的味道。

你，就有那种温暖的味道，于是，我才会化作那枚雪花，在窗外想你。

有些情绪是会升华的，不是因为我要禁言，那种情绪就会跟着我偃旗息鼓的。那种会升华的情绪，要么在这个寒冷的季节晶莹剔透般凝结成六角形的思念，要么，在五月变成婉润的雨，嘀嗒嘀嗒扣人心扉。

我想我还是会成为那枚雪花的，因为走进雪里，你不设防，我可以轻轻亲吻你的脸颊。

然而，一开始我就设计好了一个结局，这个结局借一个假设为条件，那就是你喜欢五月婉润的雨。

不知道你为什么喜欢那雨，于是，五月就成了唯一的诠释。

那么，就让我也在五月走进你吧！

五月的雪，是错过了季节的雪，也就错过了银装素裹的山河，错过了滴水成冰的寒冷，错过了厚实笨重的冬衣，错过了原本会有的期盼。

但是，这错过了季节的雪依然可以美丽动人。

漫天的雪花在飞舞，是的，是在飞舞。

密时，扯天扯地茫茫苍苍，让人逃不出那幽灵似的纯白；疏时，忽上忽下点点滴滴，就好像一支乐曲叮叮咚咚撒下几个音符，让人流连忘返。

这是五月的雪，五月的雪只能在空中展现她的美丽，就好像错过了缘分的爱情，只能在浪漫的幻想中依回。

然而当这五月的雪落在了地上，那就只能留下湿漉漉的惆怅。

但是，我愿意。

2006年新年后的凌晨。

2099年是一个我无法触及的岁月。

有风吹过

这段时间总是有一些事情能让我想起塞北来，无论是塞北的风、塞北的雪，还是塞北的阳光。

夏天的时候，同事去长春开会，说是可以给我带回来几张照片，起初我真以为我可以沿着照片追溯到青春的时日，即便是按图索骥，但是等我拿到那些漂亮的照片时，我才知道青春真的一去不复返了，这并不仅仅是物是人非的感觉，而是那片时空早已远去了，消了踪影。

记得是一九八八年十月十二日，长春下了那年的第一场雪，那雪好大啊，就那么一刹那间，飞扬的雪漫布整个天空，雪花飘落，飘落，还是飘落，但没有尽头，似乎来势汹汹一样，但飞扬的身姿掩饰了那份跋扈的骄横，在我们的眼里，飞扬起了乐章，化成了天使的翼。那时的我们心也飞扬起来，那向往写满十八岁的脸庞。正上课的老师皱皱眉头，再舒展舒展眉梢，也飞扬起眼神，飞扬起声调，说——那么

下课，去看雪，还有，第一场雪是散的，打不成雪仗……哈哈，哪里还能顾得上老师的叮咛，尤其是那些没有见过雪的南方的同学们早就冲了出去。——书包？——呵呵，留着占座吧。

那场雪就这样留在我的记忆中了，也开启了我对于冬的钟情。

长春的冬天里除了有雪，还有风，那些风多半都是在夜里来的，来的时候安静极了，安静得只剩下了声音。刚开始的时候，我们都挺奇怪的，怎么只能听见风却看不见风呢？明明听见风在树梢上呜咽，怎么就不见树梢的回应呢？这个疑问应该是人人都有吧，因为每次风起的时候，宿舍里总有人要趴在窗上往外看，但这疑问谁都不曾说起过，不知道别人是怎样解开谜团的，我自己在后来的一次游园中得知了答案。

长春有个南湖公园，公园里有一片白桦林，秋天是那里最辉煌灿烂的时候，但是到了冬，那里就只剩下沧桑和足够一冬回忆用的斑驳印记了。林子很大，疏松处可以清晰地看见那些白桦树树干、树梢都朝同一个方向倾斜，整齐，规矩，绝无异样。同行的高年级同学告诉我们这是因为风，因为那些力量强大而且匀速的风，在这样的风中，树只能有一种姿势，没有招摇，没有晃动，也就没有了面对风的呜咽的回应了，就这样，树林留下了风过的痕迹，也许树的这种印记是对风最好的怀念吧。

前天我去校友录，看见长春的同学留言说那里已经结冰了，再细细一回想，可不是嘛，天气预报长春的气温在零度以下已经有好多天了。冬天的冰是要有搭档的，有了搭档，冰才是晶莹剔透的，绚丽多彩的。那搭档就是阳光。这也是到了塞北我才知道的。

冬日里，窗玻璃上结了冰花，房檐瓦上结了冰柱，外面树上结了冰挂，黑土地上到处都是冰碴子，这时候，你看吧，只要有阳光照到的地方就会升起奇异的光，好像冰天雪地里的花朵，一边奋力地绽放，一边还跳跃起一串一串的音符，掷地有声似的。冬天的阳光，不，应该说塞北冬天的阳光一改往日世界主宰的模样，那么心甘情愿地做起了冰的搭档，让冰雪变幻出无穷无尽的美丽。

写到这儿的时候，我忽然发现原来我的青春正以一种姿态牢牢印记在这些回忆之中，就好像那些记住风的树林一样，我记住了那段时光。

2007年11月。

飘的日子

我不可救药地喜欢上了飘的日子，这是真的，尽管这显得是多么的不真实。

是啊，我曾经是那么急切地希望安静下来，全心全意地安静下来，让太阳和月亮都静置在我的心中，我可以慢慢地走，慢慢地体会。

是的，那时，甚至是以后的很长一段时间，我都是那样想的，那样做的，那样幸福的。但是，现在，我却喜欢上了飘的日子。

什么时候开始了这种喜欢呢？

想一想看，以前，我一直觉得自己是比较成熟的，别人也这么说，或许就因为我早早地安静了吧！

可最近，我才发现与同龄人相比我的幼稚，也许就是这个原因吧，当别人厌倦了飘的日子，想寻找避风的港湾的时候，我才在莽莽撞撞中开始偷偷地喜欢上了那种被叫做飘的日子。

其实，说真的，我也不知道飘的日子是什么样子的，只是喜欢而已，也可能仅仅是喜欢那种叫做飘的感觉，

我在想，飘的日子也许就像朋友桌上的那一大束艳紫的郁金香，让人一眼就看到了，而且再也不会被忘记，但也就只仅此一瞥，似乎没有人敢真正地凝视那些美丽的异乎真实的花。

可是不管怎样，我还是不可救药地喜欢上了飘的日子。

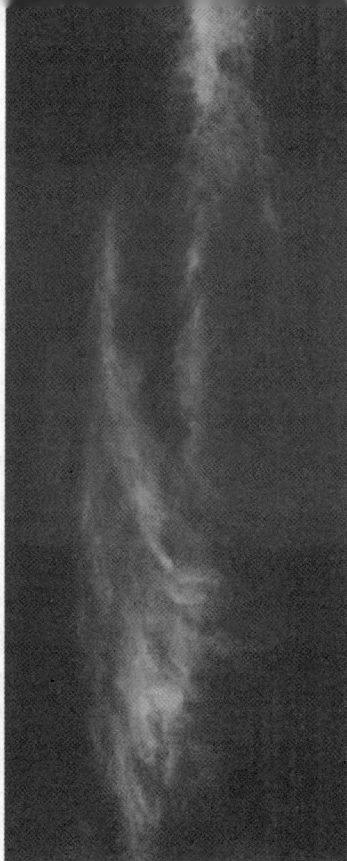

2002年春末，有人告诉我"漂"是一种生活状态，
我想或许这个"飘"会少些艰辛，多些美丽。

无处可逃

夏天就这样来了。

湖面上长出了一层绿色的浮萍，似乎不很随意，却立即遮住了整个的水面，就好像一片逃也逃不掉的忧郁渐渐而来，笼上了全部的心绪。在一个艳阳高照的夏日，郁闷的心情也许就真的和被绿萍掩盖的湖水一样，让人无法呼吸，甚至喘不过气来吧！

心里一直以为夏日是懒洋洋的，所有的事情都被浓烈的热包围着，无处可逃，于是总想寻找点什么可以躲藏的东西，然后，自己蜷缩在它的阴影中，以至于不会在阳光下没有了半点潮湿。然而，心却忘记了，在夏的热中，躲避阳光是会生出霉的。

霉慢慢地扩散开来，几乎无处不在，把心中最底层的裹着泪的潮乎乎的东西当成了营养基，肆意地吞噬着。

甚至在夜里，午夜时分，没有了阳光的时刻，它仍然会顺着昏暗的灯光继续蔓延，让心不能有片刻的宁静。

2002年夏初，依稀记得夏初时节的那个夜晚，和昏黄的灯光。

美丽的远方

还是在小的时候，我曾看见过一队队的雁，在天空中缓慢地拍打着翅膀，那么悠扬地在飞，飞向一个传说中很远的地方。

很远。无论南方，还是北方。

那时候我还住在有院子的房子里，每次听到有那种大鸟飞过的时候，我都会在院子里追逐，欢叫，好像我也可以被它们带走。也是在那个时候，看了一部叫做《尼尔斯骑鹅旅行记》的动画片，于是愈发相信我可以和那些美丽的大鸟一起走。

那只是小时候的一个幻想，至于能到哪里去，可是从来没有想过的，只知道很远的地方也很美。

直到有一天我看见了那个迷人的岛。

那一年夏天，当然，此时的我已经不再幻想了，和朋友们一起去看青海湖和那个传说中美丽的岛。

初见青海湖，并没有预想中的激动，因为我已经看见过波澜壮阔的大海，毕竟海比湖大。

沿着湖边，一路前行，越走我越不能无动于衷，除了感动那个湖的美丽之外，我看见了久违的大鸟，越来越多，越来越近，甚至，我几乎可以看清它们漂亮的羽毛。

在一阵强似一阵的盼望中，我们终于到了那个被叫做鸟岛的地方。

我被眼前的景致震惊了，成千上万的鸟，遮住了地面，充满了天空，大的，小的，灰的，花的，长尾巴的，彩翅膀的，沉思发愣的，追逐嬉戏的，一唱一和的，唧喳斗嘴的，漫不经心的，机警张望的，神形各异，可是同样美丽，让我一下子就想起了中学课文里的一段，这是鸟的天堂。

阳光在湖面的辉映下无比灿烂、耀眼，鸟儿就在这灿烂耀眼中安详地飞。

在那一刻，我真真地就感觉到我是可以成为一只鸟的，一只在阳光下安详的鸟，无论飞翔，还是小憩。青海湖边的风，让我第一次有了飞的勇气，我想，在那风中，我的展翅是安全的，从此，有风，就成了我心中全部的向往。

随着那风，远方，成为可能，天涯，或者海角。

而美丽的远方，此刻就在眼前，在经历了飞翔之后。

2002年年底。

高考结束了

一年一度的高考又结束了。

很久没有关心过高考了，因为它似乎离我已经很远很远。今年高考提前，加上"非典"的影响，通过媒体关注，我也就又有了一些关于它的消息。

其实，我知道，高考从来就没有真正地离我而去，每个流火的七月，我的心都会荡漾。

那是十几年前了，我终于坐在了高三的教室里，看着窗外的秋走了，冬来了，听着天空里有雪飘下，有雨落下，抚摸枝头的叶绿了，花开了，我的中学也就远去了。

高二的时候，还和同学一起笑话高三的学生——因为失眠寻找药方，可是，到了预考的时候，对了，那时还是有预考的，我已经不知道换了几个药方了。

那时，我好像只知道，考上大学是应该的，是必须的，就好像是升级（那时还有留级，现在中学里好像是没有了的）一样，如果说得更多一些的话，也许考上大学就是为了有工作吧，那时还不叫就业。

我以为我很苦，很艰苦地学习着，发誓说：七月九号以后再也不看书了。

那是十几年前了，那时的大学还是公

费的。

　　这个春节回家，见到了当年高三时的老师，我说老师您一点都没老，老师笑着说，退休了，变得年轻了。我想这是真的，甚至记忆中的老师会更疲倦些。也许就是这疲倦吧，让我在填报高考志愿的时候，远离了师范，其实，我是喜欢做老师的，这已经在这十几年的工作中证实了。

　　十几年的工作，读书几乎成了职业，让我也几乎想不起来当初在流火的七月许下的誓言。年轻时的誓言，真的不可靠吗？

　　那么，我们的高考算不算是一种誓言呢？对读书的承诺，对青春的承诺，对家庭的承诺，对社会的承诺，还有对我们自己的承诺。承诺——让我们肩负了更多的责任，只要是参加过高考的人，又有谁不懂得这种承诺呢？——无论你是不是挤过了那个独木桥。

　　面对承诺，我们都在努力，在夏的炎热里，劳作。

　　无论你是不是挤过了那个独木桥，我们的生活还要继续，七月也一定会过去，现在要说是六月了。

　　六月过去了，高考结束了，我们该干什么了呢？

2003年6月。

金枝玉叶

在一个无眠的夜里，想起了一些关于花的事情。

去年三月的江南之行，对我而言，非常重要。一路上，留在我记忆中的种种景象很丰富，其中有一幕是在苏州看花展。

那可真是江南的花展，每一种花都玲珑雅致，单杜鹃就足以让人流连忘返了。红的，粉的，黄的，紫的，甚至颜色参半的，总有一种浓艳的情感镶嵌于江南的清秀之中。

而今夜，我感动的是那些形态各异的枝叶有别的盆景。它们，或名贵得让人不知其名，或平常得人们已经忘记了其名，但都那么婀娜，那么多姿。驻足于前，不禁让人浮想联翩。

家中有一盆绿色植物，听别人说它的名字叫金枝玉叶。刚得到它时，有着翠绿色小圆叶的它被修剪得婷婷袅袅，好似嫦娥奔向天宫，很是漂亮。于是，一向颇有懒惰之嫌的我欣欣然，每日帮它追赶阳光，每日为它浇水除尘，倍加呵护。那绿色植物也似乎格外给我面子，不仅没有像以前我的诸多植物一样离我而去，而且表现出旺盛的生命力，奋发努力。

日子不因有了那盆金枝玉叶而变慢，转眼，这小花已经入住一个月了。的确是忘了——是在哪一天，我忽然发现，这金枝玉叶好像没有了往日的婀娜，我好生奇怪，四处打探，终于知道是该剪枝了——不剪怎么会有型？

匆忙中，寻找可以用来剪枝的工具。一把剪刀在手，我打算修剪我的金枝玉叶了。

可是，问题来了，很棘手。我在下剪刀的一刹那，忽然想到了也许，它会疼的。这可真是个要命的问题，我的剪刀再也下不去了，甚至，也阻挡了先生的剪刀落下。

从此，我的金枝玉叶开始了自由的生长。它已经没有一丁点儿入住时的形状，完全是一副快乐的放荡不羁的模样。

在看到那些训练有素的盆景时，我诧异于它们的细腻、婉约，心中不禁生起层层疑问，修剪对于它们意味着什么——成型还是扭曲？不修剪对于它们又意味着什么——自由还是放任？

2003年夏。

心情的翅

安静的灯光下，我在舒展自己的心情，很想细细地、不留遗漏地滤过，可是一直不能做到。

一只小虫在我的灯前飞着，不时落在白的纸上，舒展一下它那细小细小的翅和足。有时它几乎要爬上我的手了，也许是感觉到了我的手的温度，似乎它有些迟疑，又有些企盼。真不敢相信，这么冷的天里仍然有着这么一只芝麻大的小虫在飞，执着地飞。我甚至有些不敢呼吸了，生怕我的大气儿把它吹得消失了，再也寻不见了。

小虫透明的翅上，黑色的条文清楚极了，没想到的是这么小的虫，翅竟然亦如此美丽。于是更加羡慕有翅的生灵——飞翔已然很美，还拥有更美的翅。难怪传说里的天使一定是生有一对翅的，无论是羽毛的，或是透明的。

我们又何尝不是在盼望翅呢？借着它来放飞所有的心情，让快乐的高飞，让忧郁的远去。其实在每个人的心中都是有一对翅的，无论是羽毛的，或是透明的。

2003年的冬季很冷，极少出门。

不期而至

今天的阳光真好，我几乎看到了远山上的雪在融化。

思想有的时候就好像一丛乱蓬蓬的杂草，这一下子，那一下子，把整个心绪扯得凌乱不堪。

不期而至，是讲一件事情，更是讲一种感觉。

当不期而至带给我们的是欣喜时，那个"不期"一定是心中已久的但是不敢奢求的盼望，正是那份盼望才会让人雀跃。

至于不期而至的是那些让我们悲伤的，说到那个"不期"也定是已经让心恐惧了很久，是深藏于我们心底的，最不忍探及的痛。

不期而至的，有雪中的碳，也有瓦上的霜。

不期而至的，有千里的鹅毛，也有隔壁的阿二。

不期而至的，还有一夜的难眠，和清晨的艳阳。

可是，让我如何面对这不期而至的三个字——我爱你？

今天的阳光真好，我几乎看到了远山上的雪在融化。

甚至凝结成冰的心底，也有了一丝颤动。

2004年初春的课堂。

耐久性

记忆有时候是很没有道理的,忽然会在一个很不经意的时候,让我的大脑里闪现出来似乎已经忘记了很久的一些事情,那些事情真的离我很远了,但是又好像从未曾离开过我的生活。

下午的天气很不好,天阴沉沉的,甚至掉下来了几滴雨,有些凉,有些暗。

执笔写字的我,昏暗中,忽然就想起来了关于字迹耐久性的问题。

字迹的耐久性是由两个方面的原因决定的,一是字迹的色素成分,一是字迹的转移固定方式。

字迹的色素成分,按照耐久性可分为三种。一是最耐久的碳素,比如墨、炭黑,可以做成墨、铅笔芯;二是较耐久的颜料,比如朱砂、鞣酸铁,可以做成印泥、蓝黑墨水;三是不耐久的染料,比如直接湖蓝、品红,可以做成纯蓝墨水、红墨水。

字迹的转移固定方式,也就是字迹与纸张的结合方式,按照耐久性也可以分为三种。一是最耐久的结膜方式,就是字迹与纸张以结膜的方式固定在一起，比如说墨迹；二是较耐久的吸收方式，字迹渗入到纸张里面，比如钢笔字迹；三是不耐久的黏附方式，依靠摩擦力，让字迹与纸张结合，比如铅笔字迹。

这样，字迹的耐久性就可以根据这两方面来确定了。无论哪一方面，都是最耐久的时候，字迹就是最耐久的。无论哪一方，只要有一方面是不耐久的，那么，字迹就是不耐久的。最耐久的与较耐久的结合，是较耐久的。

好了，说了这么多，我自己都不耐烦了。

那么，结果就是耐久性是就低不就高的。

记忆很奇怪是吗？

我是在用铅笔写字，铅笔字迹的色素成分是炭黑，是最耐久的色素成分，可是，它的转移固定方式却是黏附，这就决定了，铅笔，无论怎样，它的字迹耐久性都不可能是耐久的。

就好像我们的友谊，或者爱情，无论你我的本质是多么的纯正，但是，只要结合方式发生了错误，那么，就注定了这场友谊，或者爱情是不会永恒的。

2004年3月。

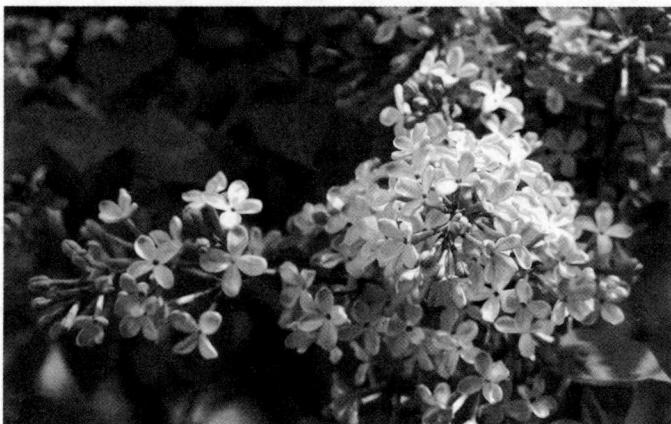

清明时节，又起沙尘

清明时节，然而又起了沙尘。

曾经在很长一段时间里，我并不知道清明是一个节气，或者说我从来没有想过清明应该是什么样子的。

清明时节雨纷纷，

路上行人欲断魂。

曾经是怎么也理解不了那份欲断魂的惆怅，印象中学校组织的扫墓活动总是和踏青有关，是愉快的。

借问酒家何处有，

牧童遥指杏花村。

曾经是那么简单，竟把这一幅景象比作是世外桃源的悠然自得，哪曾想我理解的惬意的诗人却正在寻找可以寄托情思的一杯甘酿。

上学的时候，一连四个雨中清明，让我对有着丁香花树的人民广场记忆犹新。

四年中，每到清明，人民广场的纪念碑前都有一只小小的纯白色的花圈，在雨中静默，静默。好像丁香一样，即使消了它的颜色，散了它的芬芳，也消散不了一份淡淡的情愁。

不知道人民广场的丁香花是不是开了，我这里的丁香正浓。

2004年4月5日，清明。

听说长春的人民广场已经易名，不知那些丁香花树和那座纪念碑是否依然。

试试，把两只袜子绑在一起

你是怎样叠袜子的呢？是把一只袜子装在另一只袜子里吗？我以前就是这样叠的。

有一天孩子突然问我，妈妈，叠袜子的时候，要把哪只装在哪只里呀？

这是一个很奇怪的问题，我想了好久。

是啊，为什么一定要把一只装在另一只里呢？

就好像，我们常说的包容，爱情需要包容，友情需要包容，亲情也需要包容。

可是，为什么一定要把一只装在另一只里呢？

我们可以相互地依赖，相互地信任，相互地关爱。

相互，应该是一份怎样的关系呢？

也许，绝对不是把一只袜子装在另一只袜子里的样子。

那么，也许，可以把它们绑起来试试。

2004年4月。

沙枣花香

就在刚刚过去的一段时间里，我听到了些关于网恋的神侃，心中有些许的寂寥。

这寂寥缘于何处呢？

也许就缘于那简单的对话吧：

——你网恋过吗？

——没有！

又是沙枣花香弥漫的季节了，如果说真的有什么样的芳香可以用弥漫二字的话，那么一定是沙枣花了。

在一个特定的季节里，在一种弥漫的芳香中，一个人不沉醉都是没有理由的。就好像有人说的，游走于网络，没有恋是难以想象的。

也许吧！

喜欢用"也许"，是因为不愿意轻易地否认别人的观点，但又倔强得不能轻易地认同。

游走于网络，只是在最近一段时间忽然喜欢上了聊天，是的，是喜欢上了聊天的那种感觉。那是一种直接的思想对话，不需要装饰的，只要有交流，如果有交锋会更好一些。

网络写作是在写思想，写心情，读文章的人首先看的是写文章的人的思想和心情吧，而不是文笔。

我想是的。

就好像这三十以后的心情，变了再变，但始终生机盎然。

是的，我一直认为三十以后的心情是生机盎然的，尽管我曾经那样地恐慌三十岁的到来。

周末的时候，有朋友相约小坐，把手头上我的几张七八年前的工作照交给了我。看着自己都久违了的照片，忽然有了一种喜悦，那就是，现在的我竟然比七八年前要鲜活得多。

人是生动的，离开了鲜活，会黯然失色。

有一段时间没有写文字了，真真切切地讲就是因为缺少了写的心情。这心情应该是不能抑制的那种，就好像现在，在我笔尖流淌出的不是文字，而是按捺不住的情感。

按捺不住的情感会让人激动，无论喜悦抑或忧伤。而我，长期以来总是试图用文字将它掩藏。

但是，真的能掩藏得了吗？一如这弥漫一季的沙枣花的芳香，终是无法拒绝的，哪怕秀于高墙之内，哪怕珍于书页之间。

看看时钟，这本是一个应该有梦的时刻，那么，就权且把这沙枣花的芳香当做是梦吧。

有梦就有远方。

2004年5月，偶然熬夜。

我的美丽

又是一个夏天了，不愉快的时候，总以为日子是重复的，季节是重复的，心情是重复的。

然而，当我们把头抬起来，用眼睛感受太阳的芒刺，当我们把手伸出去，用指尖触摸微风的柔和，那时，我们的心会告诉我们，我们一直在向前走，一直在寻找新的境界，感知新的体验。

夜晚的雾也好，清晨的露也好，尽管转瞬即逝，但是在我们心中的痕迹或许会是永恒的。

就这样，坐在灯光里，行在朝霞中，心中总会有美丽升腾，这升腾的力量漫过天，漫过海，漫过心，漫过情，一直从我的心里走进你的眼中。

于是，你的眼睛会潮湿，用潮湿滋养我的美丽。

我的美丽于夏，或许是一池莲，饱满，怒放，执着地为你开放到最后一瓣。

我的美丽于秋，或许是一株菊，终于在等你的岁月中把自己风干，为你留下传说中的沧桑。

我的美丽于冬，映成了晨曦中的冰花，悄悄地守候在你的窗前，等待你掀起窗幔时的一声惊叹，尽管注定见不到阳光，可是依旧在寒冷中对你微笑。

我的美丽于春，一定是骄傲的牡丹，高贵、繁华藏于层层叠叠的花，祈祷、祝福凝于远远近近的香，只一季的盛开，绝没有凋谢的抑郁。

我的美丽走过了你的四季，还会走过你的一生。

2004年夏天。

长发，布拉格

特别不经意间，见到了你，灯光就那么柔柔地撒在你的身上，让你洋溢起温暖的味道。

同样的不经意间，你抬手向后拢过了你的发，你的发有些长，好像布拉格广场上斜斜的阳光的影，而或阳光中伴着琴声展翅的鸽子，舒缓，飞扬。

就是那样的不经意间，一张年轻的脸庞映成了一幅风景画，于是有了驻足。

以后见你，还是会想起温暖，还是会想起布拉格，还是会想起阳光和鸽子。

毫无掩饰的笑是透明的。

2004年冬天的一个夜晚，听歌——布拉格广场。

换季时节

　　清早起来的空气应该是新鲜的吧，但是我的窗还没有打开，只看见对面楼房上已经被投上了一层光的颜色，今天又是一个大晴天。

　　阳光这样照射下去，过不了几日就会看见这一个春的绚丽多彩了。昨天，我们还在商量着去什川看梨花呢，说是那里的梨树都有上百年的年龄了，我没有去过，只是听别人说，那梨花开得好美。

　　我一直在想，南国的春会不会让人有惊喜？是不是，在南方，春只是一个概念呢？会有北疆这种千呼万唤始出来的期待吗？

　　四季中，我写得最少的就是春了，以前总是以为那是因为我不喜欢春的缘故，可是，随着时间的移逝，我渐渐地发现，对于春，也许是多了这许多的期盼，而让我小心地呵护，甚至不敢触及了。

　　在一个春的萌动中，忙，挺好的。

　　早早地，就起来了，音乐，白开水，冷屏，键盘，还有……

　　气温一下子升高了，早晨出门时穿的风衣，在中午已经显得很累赘，刺眼的太阳下，深色的衣服已经不合时宜，想要翻出来那件米色的风衣，忽然想起，那件衣服送给小表妹了，我只能由黑色一下子变成白色了。

　　这件白色的风衣，短，不是我喜欢的那种，但是在这个季节里，却与刺眼的光在一起，配合得非常默契。

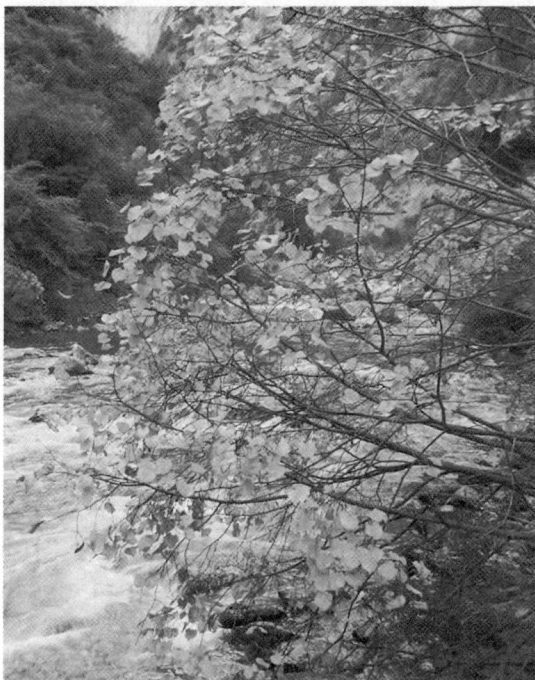

　　吊兰在这个季节里，疯了一样地生长，还有我的芦荟，他们都说那不是一盆芦荟，但是我是把它当芦荟来养的。还有似红似黄的小花，就要开放了。

　　最近有些疲惫，在休息了一段时间之后，仍有些不适应。人，好像很娇气的，其实不然，韧性会在一个至关重要的时刻被显现出来。

　　不过，我还是喜欢安逸，或者说是贪图安逸。——你会想到一只慵懒的猫，尽管它有敏锐的目光，矫健的身手。

　　这样的说话、写字很轻松，甚至不需要经过思维，全部的都在感觉层面上。

2005年早春时节。

她说她爱我们

暖色的画面，画面的后面是一个很大的壁炉，壁炉的前面稍侧对放着两把高背儿的椅子，椅子里坐着两个人，逆光，从轮廓上看是一个老爷爷和一个老奶奶。

画面静止。

电话铃声响起，一声，画面没有动。两声，画面没有动。三声，画面没有动。电话声音渐弱。从画面左侧的椅子里站起来那位老奶奶，从轮廓上判断是那位老奶奶，老奶奶缓慢地向右边去，经过那位老爷爷，走出画面。

画面静止。

一段时间以后，老奶奶从画面右边回来，缓慢地向左边去，再经过那位老爷爷，走到椅子前面，坐下。

画面静止。

"谁的电话?"老爷爷问。

"女儿的电话。"老奶奶答。

画面静止。

"有什么事吗?"老爷爷再问。

"没什么事。"老奶奶再答。

画面静止。

"她说她爱我们!"老奶奶自言自语，说。

画面静止。

2005年6月27日。

一则广告创意——安装一部电话多好啊，可以有人打电话来说: 爱你!

今夜无眠

今夜无眠，因为窗外的雨。窗外的雨带来丝丝的凉意，让我不忍放弃感受清爽，在这酷暑的季节里。

在这酷暑的季节里，遇到你，于是浮躁渐渐地沉静，你说要努力，不能放任自己懒惰，我说，是啊，不能放任的不仅仅是自己的懒惰。

今夜无眠，因为你的宠爱。你的宠爱弥漫湿漉漉的芳香，弥漫，不能让我远行，在这无人喝彩的孤寂之中。

在无人喝彩的孤寂之中，遇到你，于是，不再相信文字似乎永远偏爱忧伤的故事，它亦会灿烂、耀眼，充满幻想，它亦会在我的手中闪烁，就好像放声唱一首雀跃的歌，好像黄鹂，好像夜莺。

今夜无眠，因为久违的泪水。久违的泪水宣泄了漂浮着的诱惑，让我想起风中你陪我走的路。

风中你陪我走过了黑夜，可是我必须选择离开，因为我没有勇气看着你远去。尽管我深深地了解我无力挽回你的脚步，可是我依然，依然盼望你懂得我的离开。

我不知道此去的路上，你能在我心中留存多久，可是，我相信我还会在一个无眠的夜里想起你，和你陪我走过的路。也许那时岁月已霜染了我的长发，然而，你一定还是一如既往的年轻，年轻得让我仍然无法靠近，我只能远远地默默地热爱着你的美丽。

是的，我只能远远地默默地热爱着你的美丽。

你的美丽，让我今夜无眠。

2005年盛夏无眠的夜。无眠，是因为雨，因为你，因为文字的诱惑。

胡乱思想

雨

雨很细，很细，伴着点点滴滴，我们拾级而行，树叶茸茸的绿，像雨在眨着眼睛。长廊、花丛，都在雨中愈发让人感到亲切。

挽你的手臂，踟蹰在山路上，幸福油然而生，山顶并不在心中，满眼是这脚边的青泥、身上的湿痕，还有头顶的一朵红伞。

夜。

夜已经很深了，在这个偌大的城市里，在黑夜里，能有这样一个赖以存身的家，真是太幸福了。当一个人面对这个世界时，那种恐惧、惊慌、无所适从，每时每刻都在吞噬着我的心灵，很多时候我都在庆幸，庆幸自己可以有归时可去的家。

家。

家，的确是一个可以躲避外界喧嚣的地方。

拥一床被，坐在窗前，街灯通宵地亮着，虽然通宵地亮着，但是显得那么孤独、寂寞。街灯一次次拉长流浪者的身影，又一次次把这身影抛在脑后，提示着流浪者生活的内涵。

火。

这是一个无聊的夜晚，把玩着手里的这只打火机，伴随叭叭的响声，淡蓝色的火苗亮了又灭了，闪动着。

找不到烟的时候，闪动的打火机一样能排遣心的寂寞。

笔。

一支笔在纸上滑动，越是圆滑，就越容易留下痕迹。

牡丹。

牡丹落时，没有丝毫的衰败迹象，一瞬间，似乎有声的，哗的一下，全然落去。不愿有一丝一毫的凋零以换取同情。

菊。

菊的不甘——每一个花瓣都不会落下，宁可枯萎。

荷。

一片一片地飘零，花托努力地撑起最后的希望，终有了残荷图。我见过的花，没有像荷那样的了，就算是剩下一个花瓣，也会坚持到最后。

木棉。

一夜风雨，清晨落满一地的是整朵的连着翠绿色花托的有着血样鲜红的木棉花。有些惨烈，有些悲壮。

风景。

日子一天一天地过着，为了让内容丰富一些，我又背上相机去找风景了，其实生活中的很多美好的事情，都要我们努力地去发现，去感知。在我的镜头里，天空很蓝，黄河很美，草是嫩的，花是艳的，就连耀眼的阳光，也给人一片明媚。走在滨河路上，一切都是美好的，谁说近处无风景呢？

我喜欢在镜头里静静地感知自然和生命，在感知中感动着自己，又用感动的心感激生活，感激生活的美好，生命的灿烂。

音乐。

最近，我慢慢地下载了班得瑞的音乐。在深夜里，这些曲子显得更加的空灵，似乎可以穿越时间、黑暗和阳光，一直走向一片海洋，一片森林，然后就是那山了。

书籍。

买了本《悟空日记》回来看看。

好久没有看过这样的书了，一气读了下来，只感觉到好玩儿。是的，是好玩儿。还有一些无聊中的有趣。

花了两天的时间，在这个早晨读完了杨绛的《洗澡》。读得很慢，是因为心很沉重。即便是心情不会一下子就欢愉起来，但是，毕竟郁闷已经随着那些文字远去了。

2005年6月。

纪念永存

有时候我会突然冒出来一些很奇怪的想法，那些想法好像从来没有在我的意识中出现过，但又好像是深植于我的内心很久很久。

一早起来的时候，我就想吃煮鸡蛋，自己被自己的这个想法吓了一跳。我几乎是不吃鸡蛋的，没什么特殊的原因，可能仅仅就是因为它不够诱人吧。但是今早，我煮鸡蛋了。

鸡蛋煮得有点老，这是在掰开来看见蛋黄的时候才意识到的。蛋黄老得掉渣了。

我和弟弟出去玩，一人手里握了一个煮鸡蛋。是什么原因已经记不清楚了，总之是回家晚了，爸爸妈妈很着急，询问我们原因，不是，是质问我们，不，还不是，是审问我们。我和弟弟就那么被大人诱导着、叙述着。后来说到了鸡蛋，我们说蛋黄煮老了，不好吃，掉渣，后来就干脆让它们"掉"了。妈妈很生气，打了我们。还记得当时妈妈说我们不爱惜东西，说那些鸡蛋是舅舅走了很远的路带来的。妈妈一边打我们一边哭，现在想起来那眼泪里更多的是酸吧。

剥了皮的鸡蛋好像凝脂一样，白皙，但少有生气。一下子让我想起《围城》里面的那段描写，"……李先生脸上少了那副黑眼镜，两只大白眼睛像剥掉壳的煮熟鸡蛋"。我看着手里这光溜溜滑腻腻的煮鸡蛋，怎么着就嘴角往上翘了翘，算是笑吧。

可我知道，不是。

就像一早起来想吃煮鸡蛋一样，在我嘴角翘起来的时候，我想起来了一阵华美的歌声。

2006年8月。

日子过得很快，没有了那阵华美歌声的日子似乎没什么变化，但是我知道在我心里，纪念永存。

清晨，定格时间

　　这么早，看着时间，就想把它定格在文字之中，我几乎没有在这么早的时候起来干过什么，偶尔，也会因为一个梦而早早醒来，但是，即便是那样，我也宁愿继续躺在床上，用思维将已经戛然而止的梦延续下去，或者是为它寻找一个好的归宿，或者是为自己设计一个可以挥霍想象的外衣，用那外衣套着，心开始漫无边际地漂泊，可能会在天上与星星修好，期待百年后的流星相会，哪怕是仅一瞬间，但彼此都光芒四射，划破天宇，就好像大话西游里描述的驾七彩祥云的到来，壮丽、辉煌，也了无遗憾，然后，世界归于平静，太阳仍旧东升，月亮依然西坠，所有的星星们也都如昨日般在天幕上，该它们上场的时候，就眨眼讪笑，不需要时，则被掩入无穷的光芒之中，就像现在，天已经渐渐大亮了，云的模样出现在空中，穿着太阳扔给它的袍子，宽大，散漫。

　　　　　　　　　　　2006年9月20日清晨，用文字定格时间。

为梦着色

不知道这是不是梦境——

醒来的时候，清晰地听见窗外还是雨声，似乎很大也很急的雨声，或许那不是雨声，而是屋檐上落下的积水的响声。

翻个身，想继续睡去，这样的雨天里，拥被拥梦是件惬意的事情。

丽江，临水的小作坊里，一两个随性的人把他们的梦绘制在文化衫上，于是，梦的颜色开始在阳光下飘摇。

我没有文化衫，我有手提袋。

我的手提袋飘过一条街，又一条街，兴奋的时候，甚至会有歌声。

我希望自己可以是一道风景，或者叫提花的女人，或者叫墨镜后面的眼睛看不见，但墨镜下面的嘴角在笑。

这些都是着了色的梦吧，遗憾的是我的技法还不纯熟，显得青涩笨拙。就好像几年前的时候，我曾经恶补色彩和构图，虽说是有了些长进，但是仍然停留在心灵的层面，无法展示于众。

或许为梦着色，也只能如我笨拙的画笔，永远地存留于心，而不能被人知晓？

2006年9月。

闪亮的日子

别人告诉我说《闪亮的日子》那首歌，是罗大佑的处女作，写于一九七七年。

此刻，我正在听，再一次感悟，原来人的精神是永恒的，永恒地在一代又一代人之间传递。

"你我为了理想，历尽了艰苦……"

那本来就已经是古老的歌了，但是它还将被传唱，不仅仅因为我们的理想，还因为我们曾经拥有的闪亮的日子，那些闪亮的日子，不也正是我们为理想而历尽艰苦的日子吗？

在这样的感慨中，自己感动着自己，为那歌曲，为那精神。

以为自己可以这样一直被感动着，可是，疑问还是敲碎了感动，跻身在我的眼前了。

你还有理想吗？

你还有理想吗？！

你的理想是什么？

你的理想是什么？！

你为了理想真的历尽了艰苦？

你为了理想真的历尽了艰苦？！

你曾经拥有闪亮的日子？

你曾经拥有闪亮的日子？！

接踵而来的疑问，让我战栗不已。那么，我该如何作答？如何作答才能得到我满意的答案？

又是疑问，难道人生真的是由疑问组成的？那么，破解了这些疑问，是不是人生也就走到了尽头？

这是怎么了？就是因为听了一首歌，怎的就生出这许多疑问？

有了这许多的疑问，我还会不会有闪亮的日子？

为了未来的曾经，我现在怎样才能创造出闪亮的日子？

2006年9月。

忆网名

剪一段风

剪一段风，这个名字我用的时间比较长，曾一度成为我的主要服饰。剪一段往事的风也好，剪一段行进中的风也好，收藏起来吧。有人问，风，可以收藏在哪里呢？我说，就藏在胳肢窝里吧。哈哈，于是大笑。其实，真的是可以收藏起风的，在风干的记忆里，美丽招摇，飘浮不定的，不正是藏起的风吗？藏起的风无论狂虐，抑或温婉，都会成为心中渐行渐远但永不褪色的风景。

捡一片阳光

天气转凉以后，经朋友的提醒，感觉到风确有些微微的寒了，于是，有了新的名字，也是新的衣服，就是捡一片阳光。阳光，灿烂的，华贵且朴素，在那么随意的一弯腰之间，原本印在地上的阳光就印在了我的心里，捡起，不需要付费，这是最最诱人的。这应算是一件平民的衣服吧，像我一样。那么也像我一样宣言吧，富有，买不走阳光灿烂，贫穷，少不了灿烂阳光。

如怀旧般

这个名字，应该说是我为自己在玩的那个圈子里起的第一个名字，但是用的机会不多。不是因为不喜欢，而是因为在起了这个名字之后的不久，看到一篇文章，大意是说"我拿什么怀旧？"说，当我没有多余的金钱、没有多余的时间、没有多余的精力的时候，我拿什么怀旧？说，当我挣扎在生活，甚至生命的边缘的时候，我拿什么怀旧？说，当我看见辍学的孩童和被搁置在家乡的父老时，我拿什么怀旧？说，怀旧只是小资们赋闲的寄托。那篇文章使我动容。所以，如怀旧般，这件我自己制作的漂亮衣服，被我挂进了衣橱，只在偶尔参加晚会的时候才穿在身上。

温暖的味道

可以给自己起一个喜欢的名字，真的是一件很惬意的事情，一个名字就是自己的一种心情，或雀跃，或忧郁，或热情，或冷峻。温暖，洋溢成味道，挥之不去，于是有了这个名字。这个名字曾经在一篇文章之中提起过，尽管，在汉语言中，它是一个不当搭配，但是我真是很喜欢它。温暖，是有味道的，那味道好像太阳，也好像风，好像你的夹克衫，也好像你微笑时明亮的眼睛，心会随之暖起来。

2006年10月。

秋日来临

其实，等待已经成了一种状态。也许是过于喧嚣了吧，想找到一片宁静；也许是过于饱满了吧，想探寻一丝空灵；也许在安逸的湖水中待久了，想伸出脑袋张望一下，看看别人的安逸和劳碌。

于是，开启文字，不会是打开了潘多拉的盒子吧。

真的是太忙了，忙，既可以让一些浮躁沉积下来，也可以让一些记忆远去，于是，生活中就只剩下了忙碌，甚至连忧郁的时间都没有了。这样也好，远离了忧郁，脸上带着已经习惯了的笑容，自己都会觉得生活真的很美好。

整理一下自己，让我们一起感觉生活的美好，好像印象中北京的秋天，好美，有风或者阳光。

一直喜欢北京的秋天，有饱满却温暖的风和绚烂的颜色。清华的绿草，香山的红叶，地坛的风，天坛的太阳光，应该还有很多吧，好像是在记忆里的，但又分明不是，那么，一定是我的愿望延展开来了。

展现自己的思想，实际上是一件挺滑稽的事情，在流动的情绪中，思想变得难以捕捉，那么，又何以展现呢？但是，无论怎样，总可以有人能感受我们的思想，无论这种感受比较贴近，还是比较疏远。

日子总是过得很快，尤其是在不经意间，一晃，夏天就这么过去了。

2006年10月。

失眠和熬夜

失眠和熬夜是不一样的。

失眠，总是猝不及防地就来了，无论我们怎样的努力都是白费力气，于是，在经历了百十次的翻腾之后，在数完了上千只的绵羊之后，在腹式呼吸已经让肚皮饱受运动之劳苦之后，我，起身，复又转入没有梦也没有了绵羊之类苦恼的灯光之中。

在灯光里宽慰自己——说已经好久不熬夜了，今天，只是失眠而已，而已。

熬夜，不管有什么样迫不得已的缘由，但不睡觉却是自己主动的选择，可能为了一两个知己的长谈，可能为了预谋通过早已虎视眈眈的游戏关卡，可能为了第二天谈判需要的数据资料，可能为了用烟啊酒啊维系的那份离愁别绪，但总之是不愿意让梦缠绕自己，那样的夜晚，需要灯光的缠绵。

这样一来，对于灯光的态度就促成了失眠与熬夜的截然不同却又懵懂相似的分水岭。

失眠时，灯光既是迁怒于人的仇敌，又是赖以依靠的救命稻草；熬夜时，灯光既是忠实的陪伴者和助手，又是烘托滋养暧昧的始作俑者。

因为个人心绪的不同，竟然牵连出这么多无辜的事物，这大概皆因失眠所致，甚至现在，在我词不达意地敲出来这些许文字的时候，心中所想之混沌，文字表述之牵强，也皆因失眠所致吧。

2006年11月。

随笔之美与幸福

幸福是主观的还是客观的，这个问题就好像美是主观的还是客观的一样。

从美学范畴上讲，这也一直是美学体系中的两个重要分支。

幸福应该是建立在一定物质基础之上的心理感受。

可这一个"一定物质基础"就又出了一个问题，不同的人对它的要求是不一样的。而心理感受也是一个模糊的概念，尽管我们说我们的心理感受是相通的。

相通的，但不是相同的。

在一个有月的夜里，也许你感受到了月的温存，而我却体会出了一份难忘的清冷。

在一个无风的清晨，也许你触到了太阳的灿烂，而我却啜饮着空气中飘浮的寂寞。

但是我们的感觉是相通的，相通的是因为我们的心是一样的。

这也许就是孔子说的"性相近，习相远"呢！韩少功把它译作：similar in nature and diverse in culture，倒是贴切。

西方的崇高美学，我以为首先就是把美当做是主观的事，有了主观的崇高，才能有美的崇高。

2006年11月。

宝鸡车站的歌声

夏天的时候，路过宝鸡，我从车窗探出身子，四处张望，想寻找一个身影，但是没能发现。

在嘈杂的站台上，我努力地让耳朵敏感起来，想分辨出一缕歌声，但是也没有。

我在找谁？——我在找一个疯子！

十多年前上学的时候，每年四趟路过宝鸡，让我知道了一个故事，就是关于我要找的那个疯子的故事。

她的歌声非常好听，轻快、嘹亮，歌声一起，整个车站都可以听见，似乎还可以飘得更远，飘上天，飘入海。

她的衣着很整齐，齐耳短发，利利索索，皮肤也很好，不像是五十多岁的人（是十多年前的五十多岁了），也许还有人在照顾着她的生活。

怎么会疯呢？——这是听歌的人最常问的一句话。知道些枝节的人也乐意回答。

——她是南方人，清华的学生，毕业后就来到了这里，然后就疯了。

有人还要追问，为什么？

回答的人就会少了些耐烦，一句话了事——为什么？那是什么年代？你没看见她的年纪？

然后通常会是一阵静寂，几乎就剩下了站台上的歌声。

其实，对于那个故事，我无从考证它的真实性，也不想多说什么。但是，歌声，的确是印在了我的心中，而且很深。

2006年12月。

乡 愁

华灯初上的时刻，是一个连空气中都弥漫着乡愁的时刻。

乡愁，因一曲笛音而悠扬，因一场细雨而缠绵，因一阵清风而缥缈，因一滴泪而苦涩。

乡愁，是记忆中的村落和袅袅的炊烟，是罗中立《父亲》的满面皱纹和微微笑意，是邮包寄来的核桃花生和棉布鞋袜，是电话那端的问候和谆谆叮嘱。

乡愁，可以让离家的脚步缓一缓，让疲惫的心灵歇一歇，让负重的肩臂靠一靠，让迷惘的眼神亮一亮。

乡愁，或许是一条小河，一片落叶，或许是一声呼喊，一朵云彩。

乡愁是美丽而忧伤的情怀，这美丽而忧伤的情怀被城市的华灯支离成了碎片，又被奔驰的汽车碾成了飞沫，弥漫在华灯初上的夜空中，远处飘来一阵阵流浪的歌。

2006年12月。

步入深秋

对了，深秋，你会想起什么样的颜色？

我们去看深秋的颜色，竟然看到了藕荷色。你信吗？

我想到的颜色是蓝色，那种空灵的蓝色。我们看到了褐色的灌木，看到了黄色的，浓艳的黄色的叶脉，看到了枫叶的红色，似乎是透明的，或者是透着血色的红色。

还有就是藕荷色，真的呢，石佛沟的山上，就是那些颜色。还有，铅笔灰色，是白桦林的颜色。

嗯，好像水墨画里的那种颜色，淡淡的灰，还有些明亮。对了，也许不是白桦吧，那是什么呢？白杨？好像是。想不起来了，也是那种朝天向上伸展枝叶的树。

晚饭的时候，孩子问我雾凇是怎么形成的，大概是今天刚刚从老师那里得到了些见识。我说不知道，他笑了，说是知道我在骗他。

是的。其实，有些东西，对于孩子们很重要，但是对于记忆而言，就不那么重要了。只要记得就足够了。

比如，深秋的蓝色，我甚至忘记

了它的出处，但我记得。

　　隔壁奶奶九十多了，一看见她，我就有一种幸福的感觉。我会在下午下课的时候遇到她，我下课往回走，奶奶下楼去买豆腐。每天下午的那个时候，会有一个卖豆腐的在院子门口停留，叫卖。我曾经提议说，我下课回来的时候给奶奶代买豆腐，但是，她没有同意。奶奶说她下楼也是想去走走。奶奶还自己做饭呢，自己擀面条。

　　偶尔，也可以看见有人送奶奶回来，那是一起做礼拜的姐妹。奶奶信教的。

　　记得我刚搬来的时候，奶奶说我是一个好邻居，我很高兴奶奶这样说我。

　　和奶奶做邻居差不多有七年了，日子就好像奶奶每日里去买的豆腐，简单，可并不单调。

　　生活就是这样，简单朴实，可以怡性养命，心中有信仰，更能平和安逸。

2007年1月。

于雪困的春日里瞎想

就这么漫无目的地在纸上画着竹叶，"个"字样的，"介"字样的，爬满了整个页面，透过那些叶子的间隙，似乎能够感觉到有风透了过来，先是丝丝缕缕的，然后就开始连成片，呼啦啦，扯天扯地地吹起来。

西北的春风有点气势汹汹的样子，卷着沙尘就来了，然后宿命样地遇到春雨，在温婉的雨中，伴着滴滴答答淅淅沥沥的水珠，风连带沙就地偃旗息鼓了，随即飘漫起一波又一波泥土的清新气息，顺着那气息寻去，我们就看见柳条吐嫩芽了，草籽拱地皮了。

如果这时再有风来的话，那风似乎就添了许多的妩媚，沾染在人们脸上，笑出灿烂一片。

2007年3月。

有些日子似乎离得很远

要不是刚才看新闻的时候看到《基地称拉登将宣读"9·11"劫机者遗嘱》，我都忘记了今天，忘记了曾经震惊全球的"9·11"事件。

生活中的很多事情都是这样吧，当事情发生的时候我们可能真的会以为刻骨铭心就是打烙在心间的时时痛或者喜悦，但是随着时间的流逝，是啊，流逝，很多很多，甚至是全部的经历都会飘落、沉入记忆的湖底，即便是在将来的某个不经意的时候浮出水面，也多了许多的平静，少了那许多的痛或者喜悦。

于是，似乎所有的日子都会远去，离我们越来越远。

就好像现在的我，徘徊中追寻自己的追寻，这份迷茫和不解也会远去的，远去在徘徊中，或者远去在不再远去的迷惑中。

看了一点点哲学之后，听从别人的陈述，于是也认为西方哲学主要解决的是"人为什么活着"的问题，东方哲学主要解决的是"人怎样活着"的问题，那么，这两个问题可以分得开吗？不知道为什么活着就能解决怎么活着的问题吗？无所谓怎样活着能看透为什么活着的问题吗？

我陷入自己给自己的困惑之中了，不能自拔。

但是，无论如何日子都在继续，但有些日子似乎离得很远，比如我思考的日子，也曾以为这些思考是刻骨铭心的，但是思考也总是在茶余饭后的，若真是思考得寝食不安的话，那也可能就陷入另一种困惑了吧。

2007年9月11日。

祝我们健康、快乐、幸福

今天学校给我们每位老师都送了教师节礼物，应该说是一份很珍贵的礼物，但是同时这礼物也让我心底里泛起了一点点——仅仅是一点点的哀伤，这哀伤源自于一些回忆，一些联想，一些莫名的躁动。

由中国人事出版社出版发行的《教师健康手册》就是我们今年收到的教师节礼物，淡绿色的封面底色、绿色封面斜条纹，手册的装帧倒也简单大方，但是这象征着健康的绿色怎么看着都有些陈旧，好像是历经了尘封之后被擦拭出来的颜色。

粗略地翻阅了一下，书里面所讲解的似乎也都是以前所知晓的，比如亚健康的问题，吵吵了好多年了，而且也不是教师所独有的，这是社会压力病症，几乎所有的人都有吧：比如慢性咽炎的问题，让我想起那个什么咽炎片的广告，广告中的那个角色按我的理解他一定不是教师，这样看来慢性咽炎也就不是教师所独有的了；还有，比如心理健康的问题，有人说二十一世纪的显病——这个词应该是从"显学"那里来的吧，二十一世纪的显病是精神病，也就是心理疾病，如果这个命题是成立的话，那么心理健康问题也应该是全社会都要关注的事情。在粗略地翻阅之后，忽然意识到教师的健康问题其实反映出来的是全社会的健康问题，全社会的健康状况似乎又集中在教师的健康状况上

了，正因为如此，教师的健康就不仅仅是教师的健康问题了。

　　那么孩子们的健康呢？去年提倡的中小学生每天锻炼一小时的活动似乎无疾而终了，这学期我又听见了新的提法：亿万中小学生同上一堂时事教育课，而且说这样的教育行为是破天荒的——破天荒的，我们的教育还在改革，但我看到的不是明媚的每一天，我们似乎还是在黑暗的隧道里蜿蜒摸索，连带着我们的孩子。我们的孩子，他们的健康是不是也写进了书里？是不是也仅仅是写在书里，像教师节的礼物一样在需要的时候以书本的形式奉上？

　　无论如何，这份教师节的礼物都是很珍贵的，我也会珍视自己的健康，珍视所有人的健康。

　　祝我们健康、快乐、幸福！

2007年9月。

陈年的红茶

泡了一杯陈年的红茶，真是陈年的了，还是先生二〇〇二年去云南的时候带回来的，记得是一个红颜色的纸盒子，里面有好几个小盒，再里面就是封装的塑料袋了。这几天没茶喝了，翻腾寻找，这不，就找到了这个小盒，里面的塑料袋还没有开封，天凉，也许这还真是今天的好茶呢。

这个长假的计划是变了又变的。

回家去了，回娘家去了，来回的路上都是雨，那种细细的如牛毛如针尖的雨，密密地打在挡风玻璃上，还不小呢，雨刷器就一直那么不紧不慢地左右摆动着，时间长了竟然也可以对它视而不见。雨里，村落静默着，连带着应该是静默在村落里的人吧，不，不会的，一座座静默的院墙背后都会是一个个欢闹的家，隔着雨，淹没的也只能是世间的嘈杂。

那一瞬间想到了一个词——远山如黛。于是抬眼望出去，可是，远山是看不见的，除了雾，远处什么也没有，突然一种深深的孤单席卷而来，人生就是这一条路吧，在路上就得行走，无论风景如何。

赵家楞杆隧道口上的啤酒花蔓爬在岩壁上，一片一片的颜色牢牢地印在我的眼底，甚至现在眼前还能浮现出那抹绛紫色的绯红，抑或是那抹沁人心脾的酒红，还有一点像早在心里生根了的玛瑙红，无论怎样，那抹红就这样印了下来。

从茶壶里倒出来的红茶似乎就是那一抹颜色，浓艳的伤感和感伤的艳浓，我的确没能想好应该是浓艳的伤感还是感伤的艳浓。

喝茶。

2007年10月。

跟着那段故事，我慢慢地走

我是一个慢热的人，这应该是我自己给自己的界定，在有了这个界定之后，我也总是拿很多事实来印证它，似乎有了印证之后的这个慢热的界定更加传神了。

《士兵突击》已经热播了又热播了，我才慢慢地进入了那个远离我的生活，在那个陌生的环境里看着一群活力四射的好男儿，慢慢体会着别人文字里已经叙述过的来自那些好男儿的遮挡不住的魅力，在那份浸入心田的体会中不能抑制地喜悦，不能抑制地在喜悦中流泪。

因为喜欢所以不断地调换电视频道，只要看到那片橄榄绿就停下来，所以好长一段时间没能完整地了解故事情节，就那么简单地跟着那群橄榄绿喜悦或者流泪。也是慢慢地，慢慢地经历了时间之后，我才基本上把整个故事连起来了，成了一个整体。

然而这样的一个过程却把我引入了另一段困惑，甚至可以说是恐惧——对于年龄的恐惧——这一回我想我是清清楚楚地知道了这恐惧从何而来了。

跟着那段故事，我不能抑制地喜欢上了史今，也正是这喜欢引我到了这恐惧的深谷，好久，我都不能自己爬上来再见灿烂阳光。于是，在恐惧的谷底慢慢地梳理自己，才发现我终于是老了，老得已经快没有了幻想的资格，老得已经不能再去向往那些青春年少的美丽，老得已经知道对于史今的喜欢已经是那么的苍白、空洞，老得需要很长的时间才能从这恐惧的谷底走出来再见阳光灿烂……

跟着那段故事，我走了好久，好久，慢慢地，慢慢地。

2008年1月。

优雅地变老

中午回来的时候看见物业通知，说下午暖气上水试管道。

又是一年冬来到。看着高照的艳阳，觉得距离寒冷很远，但是想到今年年初那份彻骨的冷，还心有余悸。

不会是已经忘记了东北的冬天吧，可怎么也想不起来那时候，难道我也曾冻得缩手缩脚？

没有。

我们在雪地上画图画，一个心连着一个心，一个圆连着一个圆，一排脚印连着一排脚印……

我们在雪地上跳舞，一对一对的舞伴们舞出层层叠叠的花瓣，在雪地上盛开。

又是一年冬来到，我们曾盼望着。

可是现在，除了怕冷以外，我想我是害怕了季节的交替，每到这时，岁月就会格外殷勤地提醒我们时间匆匆而过，当我们不能拒绝岁月的时候，害怕、恐惧就会更显突兀。

每当我看见世俗的老态不可抑制地爬上某些人的容颜，我就越发努力地为自己打气，生怕一不小心自己也掉进那份令人生厌的老态的世俗。

我要优雅地变老。

是的，我努力着要优雅地变老。

2008年10月。

岁末，情感触动

又是岁末了，每到这个时候就会自然不自然地让自己有很多感动，欣喜的，幸福的，沮丧的，灰心的，交错成这岁末时节的一道心情风景。

上一个冬天好像真的很冷，那种彻骨似乎到现在仍让人心有余悸，今年入冬以后我已经说过好几次了。于是又添了两件羽绒服，但也许只有我的心里知道这一红一绿两件棉衣可能就是探头探脑的欲望吧，似乎在期待寒冷，似乎在期待的寒冷中可以明丽起来，似乎在期待的寒冷中明丽起来就能赶走生命中的那些晦暗，似乎。

可能是因了这冬的寒冷吧，在心底里珍藏的那些暖融融的记忆也一定会在这个时候冒出头来，让珍藏它的心能感受到它，能温暖一些。不知道在南半球过岁末会不会也有这样的情感触动。

我们的情感方式、思维方式一定是和我们的季节相关的，在我们的季节中，从春的复苏开始，历经夏的成长，秋的收获，走到冬，冬的严寒，冬的枯竭，冬的孕育，然后回到起点。交替的季节让我们的情感中也有了交替和起伏？从复苏到孕育让我们的思维也有交替和起伏？不知道。我的狭隘让我不能体会南半球岁末的情感。

但，无论如何，我总是很庆幸我的幸运，虽没有走过千山万水，但是在每一个时刻，无论是平凡的只见衣食的漫长，还是关键的左右命运的瞬间，我生命中的人们都是那么温柔那么有力地扶住了我。

2008年年底。

逛书店偶得

看过皮皮的《出卖阳光》，因为想了解一种时尚的写作方式，或者是一种时尚的文字堆积，所以，我了解到了那种文字的魅力。曾经感觉很好。今日又见皮皮，好多书码放在一起，先是《比如女人》，再是《所谓先生》，然后是《爱情句号》，我不知道它们之间会有什么样的联系，但是必有联系的反应却挥之不去。

文字，经人堆积，形成文章，于是，称文章为文。文，一样吗？文，不一样。陈平原著书《从文人之文到学者之文》就是在说明这个问题吧，因为文人不一样，所以，文章不一样。说一般人推崇的晚明小品乃典型的"文人之文"，独抒性灵，轻巧而亮丽；而一直不大被看好的清代文章，则大都属于"学者之文"，注重典制，朴实但大气。匆匆扫过关于陈平原这部书的简介，我并不知道作者对于两种文章所持的态度，但是，我想，无论怎样，就算真的有两种文章的差异存在，两种文章都应该是共存的吧。

共存的东西很多，但是我们不会都知道。可能是因为昨天刚买了蓝山咖啡，因而对于"蓝山"两个字格外敏感吧，在书架上，我发现了《蓝山》这本书，是上海译文出版社的。作者的名字没有记住，但是记住了作者的国籍是以色列。好像我是第一次注意到会有一本书它的作者是以色列人。是怀疑什么呢？不是怀疑什么，只是自己真是很寡闻，在寡闻的背后可能还会有某种偏执，忘记了共存的存在。

其实，忘记也是一种存在。再见《往事并不如烟》，似乎确有如烟般的沧桑。还记得那本书风靡之时，秉烛夜读，满怀痴迷于文字之中最后的贵族。是的，那本书在大陆以外就是以《最后的贵族》冠名的。而今天再见，似乎，成为最后的不仅是贵族，而且还有章诒和的怀想与不甘。

《约翰·克利斯朵夫》，对我来说大概只能成为怀想和不甘了吧。人家说那是一本催人奋进的书，但是那也是一本要在青春年少时读的书。可是当我知道这本书的时候，已经不年少了。曾经，每次去书店看到它，总有阅读的冲动，但每次都被那厚厚的篇幅吓退了，所以，最后只买了回来，在书架上占为己有。在浮尘天气里，才会有轻拭拂过书脊。

因为浮尘才会触及的书籍，还有一些是曾经爱不释手的。比如《文化苦旅》。不管有多少批评的声音曾经或者仍在指向它，但是，不能否认的是它曾经那么深刻地引领过我，在艳阳的午后，在微雨的清晨，在孤单的夜晚，在喧闹的黄昏。可是，在它之后，余秋雨的文章我再也不肯触及。我不知道他会在《借我一生》中谈及什么，不知道他会在走过了希腊、埃及、以色列、巴勒斯坦、伊朗、印度、尼泊尔之后如何《千年一叹》。也不想知道。

不想知道的还有余华的《兄弟》下部。余华，被收入当代文学史（台湾）的作家，我不敢继续读他了，因为我怕，我怕一个因我的无度的期望而导致的一个残缺作品的出现。书架上，一色的上海文艺出版社，一色作者余华，但是颜色却是不同的。《世事如烟》《黄昏里的男孩》《我胆小如鼠》《战栗》《鲜血梅花》《现实一种》是浅土色的，很不起眼，有点像是陈旧的白，或者陈旧的黄。《没有一条道路是重复的》《音乐影响我的写作》《温暖和百感交集的旅途》是嫩黄色的，鲜亮、快意。《在细雨中呼喊》《许三观卖血记》《活着》是红色的，浓烈的红色，招摇。到了《兄弟》，是花的了，摇摆不定的、没有了基调的花的了。

　　倒是，林伟贤，这个名字很吸引我。我曾经听过他的讲座，在山东教育台，每晚不落地听了他的关于资源整合的全部课程，喜欢。他的书，名为《我爱钱，更爱你》，喜欢这个书名，形而下的、形而上的都有了，且错落有致，相映生辉。作为一个著名的国际课程讲师，我更喜欢他谈及的来自亲人、朋友的挚爱，以及他在谈及这些话题时流露出来的美满幸福。

2006年4月。

让爱深植我心

让我的爱像阳光一样包围着你，又给你光辉灿烂的自由。

——泰戈尔

这句话是朋友告诉我的，在一个不晴朗的午后。后来，我在夜晚回家的出租车上准确复述，那时，我知道这句话已经深植于我心了。

于是，开始思量那是怎样的爱，竟有如此广大的胸怀，竟有如此深厚的温暖！

思量之后就是幻想了，幻想自己可以拥有这样的爱，从此，了无遗憾。

说到这儿，自己也忽然明白了，这幻想产生的基础一定就是这爱离我很远，且遥不可及。

那么，我拥有的爱呢？我还拥有爱吗？

这个问题就很实际了。

静下心来，心平气和地感知，我想我发现了答案。

那么，大声地告诉自己吧！——我已经拥有了这样的爱。

我已经拥有了这样的爱，还不够！我还得付出同样的爱。

那样，才真正是"让我的爱像阳光一样包围着你，又给你光辉灿烂的自由"深植我心了。

2006年10月。

认 字

　　我不认得的字很多，稍有生僻的字对我来说就是障碍。以前的时候，一直怀疑是小学没有读好，没有过识字关，其实，细细想来真不应该把责任归于那个学习阶段。小学能够学到的字毕竟是有限的，尤其是那些含义、态度暧昧、晦涩的字，和那些极少提及的书面语言。所以，我想真正让我不识字的原因大概就是自己在以后的学习中没能继续认字吧。

　　为什么不继续认字呢？既然认识到了不足，就要努力改正。所以，下决心，以后，当我遇到了不认得的字时，一定要极其仔细地查字典，极其负责地记忆。

　　"刳"，这个字我就不认识。看字形，知道与利器有关，读文章——"刳去"，会意它就是要说"抛开""去掉"的意思。但是，那个字读什么音呢？读"kua"吗？音调又如何？不知。

　　查字典。字典是个好东西。

　　刳kū，〔书〕剖开；挖空：刳木为舟。

　　释然。正拟庆幸学了一个新成语"刳木为舟"时，忽然想起"极其仔细"的决心，于是查阅成语辞典。幡然醒悟，原来"刳木为舟"不是成语。差点又出错了。

　　合上案头的工具书，开始翻腾自己那点少得可怜的记忆，的确是想不起来在什么时候曾经学过那个"刳"字。刚想为自己的不认识辩解，转念一想，为什么别人竟能使用我都不认识的字呢？

　　唉，认了一个字，却垂头丧气。

　　咦？可能就因为我认字之后的这种无成就感吧，才让我不认识那么多的字？可能？可能！

2006年9月。

我不会写繁体字

我是不会写繁体字的，但是却可以认识它，常用字的繁体都是可以认识的，当然能达到这个程度也还是稍下了一些工夫的。

上学的时候学习过一门课程叫《古文选读》，讲课的先生名叫杜宝元，先生是个高个子，戴着高度近视镜，镜片厚极了，在给我们讲古文名篇的同时，要求我们学习繁体字。

起初我们以为只要认识就好，没想到后来还安排了考试，考试就两道题目，一、看简化字写出繁体字，二、看繁体字写出简化字。两道题目给出的字数相同，大概都是二三十个吧，记不清了。看繁体字写简化字似乎并不很困难，连猜带蒙，一会儿也就写完了，可是写繁体字，就有了很多的麻烦，一个字总得要写出来吧，那可是一笔一画的事情，可不是大概，于是先抓耳挠腮、左添一撇右描一捺地写出来，然后再唉声叹气、俯首摇头连连自语"不像啊"。记得很清楚的一个字是"庆"，写的时候就努力地想这个字繁体的样子，样子就在眼前，可就是不能写在纸上，好像有"广"是没问题的，好像还有很多点，好像很像"丰收"的样子的，遂连描带画，然终未成字。

同学们的情况比我好不到哪里去，那次考试一定是让中文大大丰富了，哈哈。印象中没有那次考试的成绩，大概是压根就没给成绩，也可能是成绩太糟糕了，被我的记忆选择性地遗忘了吧，反正没印象了。

不知道杜宝元先生是否一切安好，距那门课程结束已经二十年了。

2008年3月。

我的文字病了

看过《橘子红了》之后，我真正开始明白什么叫病态的唯美。整个故事似乎都是那么美，美得叫人心痛；所有的画面一定都是那么美，美得叫人心动。

柔焦的透视让老宅笼上了缥缈的忧郁，过大的光圈让心灵显得更加苍白，狭小的景深让琐事繁杂与之相隔，这些都是《橘子红了》中的表现手法，还有声音，与其说是磁性的，不如说是哑声的，更加显出挣扎与反抗。

橘子是美的，红了是美的，《橘子红了》是唯美的，但是从这唯美中我更多地看到的是矫揉造作的病态，我痛恨病态，我向往健康。

然而，我的文字病了，我的文字学会了叫喊，学会了呻吟，学会了作秀，学会了暧昧，学会了把一堆辞藻罗列在一起，表达一句只可以识字却不能会意的话，根本没有情理可言。

是的，我的文字病了，病中仍招摇地诉说，想得到情感的青睐，甚至幻想与情感相伴于青灯竹卷之中。

的确，我的文字病了，患疾的文字承载不了悠长的心情，撕裂后，让心变得更加寂寥。

2003年夏，那时，感冒了。

笔下的文字却不若希望的明媚

几近半年的时间没有写过什么了，越是不写也就越不想写了，倒不是懒惰，而是习惯，我一直想把写作当做一种习惯，但是不承想不写也会成为习惯的，此习惯，彼习惯，此消彼长，就看谁制服得了谁了。

习惯，这个词对我而言，印象深刻，但这一行为，却总是被我忽视，我知道，这不好。

一九八八年的高考作文题目就是《习惯》，那篇作文被我写得惨不忍睹，尽管那个很烂的作文分数被总成绩掩盖住了，但是那篇作文却沉重地打击了我的笔，一直到大学二年级的后期，我才重新提笔，写自己，写属于自己的那个年龄，写属于那个年龄的学习和生活，曾经写了几本日记，现在回想起来，那时的写本身真的很好，很温馨。

当写成为那时候生活的一部分之后，我才慢慢地从那篇作文的桎梏中解脱出来，并开始了一种有意为之的写作习惯。

并不是所有的习惯都是有意为之的。比如秋的感伤。秋的感伤于我也是一种习惯，从很早以前。曾经的那份情感一定源于一种深深的诱惑，在我的笔下蔓延，那浓烈的秋的气息，无论颜色还是声响，都是内心深处的找不到出路的自我诱惑吧，这诱惑积郁久了，沉积成感伤，每到深秋，就开始招摇。

然而这个秋天，感伤于我更添了许多，但与诱惑无关。我不希望这份新添的感伤成为习惯，不希望。

我希望我的心永远阳光明媚，我希望我的心永远能体会到那份阳光明媚，我希望我的心永远温暖如阳光明媚，我希望我的心永远阳光明媚如阳光明媚。

但愿希望的这份永远也能成为永远。

但愿内心充盈的希望能成为习惯。

就这样在躺满希望的心中，深一脚浅一脚地走，这种自我探索也早已成为习惯，也怕只有这样，我才能感知到生命存在的本身。

笔下的文字却不若希望的明媚。晦涩。

2008年10月。

读蒙田

读书是一种略带忧郁的享受，这是好久以前我在网上看过的一篇文章的标题，一看到，就被吸引住了，于是细细品读，甚至还觉不忍离去，所以打印下来保留至今。

文章中细细描述作者在一人一室一盏灯下的读书感受，说也许正因为有几分忧郁，几分寂寞，阅读的姿势才会如此迷人。

我想是的，我能被这样的感觉所吸引，大概也正是源自对那份忧郁和寂寞的向往吧。

最近读《蒙田随笔》，没找到全集，只买了本精选，跟着蒙田走在深深的自我怀疑的路上，那迷茫和疑惑告诉我只能一直走下去，别无他法。别无他法，还因为停留就意味着承受恐惧和最终沦丧。

蒙田谈及高尚的友谊时说因其寡见鲜有而令人惆怅，谈及美丽的爱情时说随着岁月增长而日渐凋零，为此，他认为这两种存在偶然性并取决于他人的交往不能满足人一生的需要，而与书本交往则有它稳定和方便的特有长处，"与书本交往要

可靠得多并更好地取决于我们自己"，除此之外，它可以伴随我们一生，处处给我们以帮助，它是我们处于老境与孤独时的安慰，解决我们的闲愁与烦恼，它能磨钝疼痛的芒刺，让我们摆脱生活中令人生厌的伙伴，而且，书总是以始终如一的可亲面容接待我们。

享受书，犹如守财奴享受他的财宝，随时可以，正是这种拥有权让我们的心感到惬意和满足。年轻时读书可能是为了炫耀，后来多少是为了明理，再后来可能就是为了自娱了吧，但从来不为得利。

跟着蒙田，穿越了孤寂与怀疑之后，我才看到了一些仅属于人类思想的光芒，他以一个智者的目光，以深深的刻骨的怀疑试图让我们看清我们自己。

2007年2月。

读卡夫卡

因为两篇评论，于是找卡夫卡来读，读之前，还请教朋友，卡夫卡是后现代吗？朋友说，不是，是现代，但是卡夫卡自己说，自己什么代也不算。

不管算不算，先读吧。

但是，没有想到的是，读卡夫卡并不是一件容易的事情，文字有些晦涩，节奏有些缓慢，甚至连段落也显得与别的格格不入，我不知道，是我没有进入状态，还是卡夫卡本就是这个模样。

我想还是我的浮躁在影响我的阅读，那么，先让自己沉静下来吧。让自己沉静可以借助别人的力量，我开始翻阅别人的阅读成果。有人说，卡夫卡的散文才是最棒的，不看卡夫卡的散文，就不懂卡夫卡。

好吧，那，我也去找他的散文。

差点犯个错误，《北回归线》是亨利·米勒写的，我差一点就给了卡夫卡，看来，对于他们，卡夫卡，还有米勒，我都是很生疏的。

忽然散步

我决定晚上留在家里，穿上便服，晚餐后，坐在明亮的桌子旁边，开始工作或作某种消遣。之后，带着愉快的心情去上床睡觉。倘若天气不好，那自然是待在家里，然而，也有这种情况，虽然在桌子旁边静静地待了很长时间，要到外面去走。这必然会使大家感到惊奇。又如当时楼道是黑暗的，门已关好，但由于忽然心情不好，也会不顾一切地要起床，换上衣服，可能很快就出现在街上，先给家里人讲，要到外面走走，打完招呼很快地就行动了。关好门，于是很快觉得或多或少地扔掉了一些烦恼，一旦到了街上，四肢百节感到意外的舒展和自由，而这种舒展和自由

正是人的决定给自己的身子带来的，身子的
舒展和自由也是给人的决定以特别动人的回
报。从这个决定中你感到自己集中了作出决
定的能力，并赋予它不同凡响的意义，也认
识到自己具有的力量比要求确实要多，这种
力量可以轻易地带来和适应一种迅速的变化，
既然要走完这长长的胡同，今晚整个儿就不
在家里了。家里也变得空阔些了，而我这个
模糊的轮廓，拍着大腿，便上升为一个真实
的形象。要是你在深夜去寻找一个朋友，去
探视和问候他，还会加强一切。

　　这是卡夫卡的一篇短篇小说，我怎么就
看不出来小说的味道呢？我还是再回到文字
中去吧，趁着阳光，可以不至于迷失在无知
之中。

　　2005年11月25日，终止了读卡夫卡的计划。

读梁实秋

翻开梁实秋的《雅舍小品》，一张书里附带的书签露出来，淡黄色的底上深深浅浅的褐色的树和房屋，勾勒出一片田园风光，空白处题了几行小字："有人说，人在开始喜欢回忆的时候便是开始老的时候。我现在开始喜欢回忆了。"

读梁实秋的文章起于上学时候的一次学术报告，中文系的先生讲的，报告的内容是什么已经不记得了，但是记住了那位先生的一句话："你们可以去读读梁实秋。"当时是很不能理解的，读梁实秋？就是那个被鲁迅先生骂作资本家的落水的乏走狗的梁实秋吗？

带着深深的怀疑开始对梁实秋这个名字敏感起来，开始有意无意地去翻阅现代文学作品集所选的有限的梁实秋的文字。那似乎都是好久以前的事情了呢，只是现在回想起来还记得。

由天津教育出版社出版的《雅舍小品》分上下两册，封底上分别引述了冰心和方令孺的两段话：

一个人应当像一朵花，不论男人或女人。花有色、香、味，人有才、情、趣，三者缺一，便不能做人家的一个好朋

友。我的朋友之中，男人中只有梁实秋最像一朵花。——冰心

雅舍门前有梨花数株，开时引人称羡。冰心女士比梁实秋为鸡冠花，余则拟其为梨花，以其淡泊风流有类孟东野。唯梨花命薄，而实秋实福人耳。——方令孺

读梁实秋，不需要聚精会神，因为他的文字本身就能带着我一路走下去，对路过的人生即景逐个地阐释，娓娓道来。谈谈人，比如孩子、中年、女人、男人，说说事，比如握手、下棋、送行、理发，也发发感叹，关于病，关于穷。不论写的是什么，一看就能看出中国的味道，这味道凝脂样结在他的文字之中，挥之不去。

读梁实秋，也不需要准备情绪，欢欣鼓舞时读，读着读着就安静了，忘记了因得意而可能会有的忘形；抑郁苦闷时读，读着读着也就安静了，此前内心里充斥着的密不透风的悲伤不知何时已经融在他的文字中被自己咀嚼消化，遂释然了。

还是称梁实秋为先生吧。

2007年3月。

写在阅读之前

实际上，在翻开这本书的时候，我的心里面充满了拒绝，拒绝什么呢？拒绝胡兰成。因为什么呢？因为胡兰成。

知道有这本书，是源于朋友的推荐，因为推荐的分量厚重，所以寻觅。这座城市的书店几乎走遍了，没有找到。在那一段寻书的日子里，心里满是期望、恐慌、欣慰和失落。期望是一种对寻找的习惯反映，恐慌正是来自这份对胡兰成的拒绝，生怕一旦寻到了，自己会手足无措，欣慰则是在一次次找寻失败之后的释然，那么失落呢？

朋友去北京办事，临行前问我是否有需，我说出了这本书的名字。去北京的朋友行程很紧，在返回前的候机大厅里一连给我发来了几个短信，情节颇为曲折。先说没能仔细寻觅京城的书店很是歉意。再惊呼机场的服务区竟然有《山河岁月》。随即又叹息那《山河岁月》是梁思成的……

很遗憾我当时脑筋愚钝，让此刻的我不时心生幻想——捧读梁思成该会是怎样的惬意。尽管对那本《山河岁月》我亦没丁点了解。

手里这本书是我从网上买的，也是我在网上买到的第一件物品。此时的字就写在自序页的空白处，铅笔。

铅笔是挽头发的，顺手拽下来用，笔尖秃秃的，字也越来越模糊，这模糊的印记能否遮掩住胡兰成些许的个人历史呢？

这个闷热的下午，再一次翻开《山河岁月》，胡兰成著，还是不能安静地阅读，于是涂鸦于书中空白处。

2006年7月29日。

在网上查找之后才知道我说的另一本"山河岁月"书名为《梁思成的山河岁月》。

徒劳的情意

今晚的风迎面吹来的时候让人感觉到了一丝寒冷，这让我想起这些天来明媚的阳光中暖融融的天气，就好像前些日子连天的阴雨透支了这初冬的寒意一样，在这个季节里，竟没有一丝一毫的冬的味道。

涂鸦于胡兰成《今生今世》一书的空白处，是因为读着读着他自己笔下的与范秀美的爱情，突然间深刻、清晰地捕捉到了"他对女性，情虽不伪，却也不专"的内涵，突然间就不愿意再继续读下去了。

初冬是个很无情意的时节吧？没有秋的飒爽，没有冬的彻骨；没有浓烈绚烂的秋色，没有纯净无瑕的冬雪，是吧？

今晚的月是清冷的，小半圆，极亮，也极冷清，看着看着就让人不由得紧紧衣襟，抖抖衣领，再或者袖手，缩脖，反正这月亦有些寂寥——寂寥，这让我想起了戴望舒——撑着油纸伞/独自彷徨在悠长，悠长，又寂寥的雨巷/我希望逢着一个丁香一样的结着愁怨的姑娘……

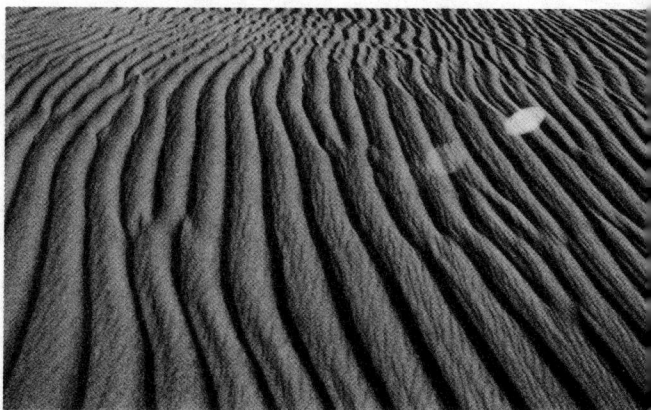

穿过时空走进那雨巷，那春季的雨里可以期待丁香样女子的雨巷，低头却又见我走在初冬的清冷的月光下郁闷不可遮蔽的思绪。

一些文字跟着思绪起舞，曲终时，七零八落地撒满纸面，不是掷地也就没有了声响，轻飘飘地想找到通往灵魂的空隙，钻进去。但，徒劳。

2007年11月。

不若睡去

伸直了腰背，身下的椅子发出咯吱吱的响声，这是一把青蓝色的转椅，我很喜欢，但是它依然不能堪我这重负，竟然在这夜里发出直白的响声。

咯吱吱的声音提醒我这已经是夜了，安静的夜。

每当房子里安静下来后，我都会有莫名的喜悦，感觉到自由与舒畅，好像可以打开笼门，让灵魂出来走走，无拘无束。

在读木心的集子《哥伦比亚的倒影》，那是一本拿得起也放得下的书，现在就喜欢读这样的书，可以读，也可以不读，可以边读边想，也可以只读不想，可以读过了想，也可以读过了不想，真好！

书里的一篇小文章讲到了哥本哈根的美人鱼，说几乎没有人能在读了《海的女儿》之后而无动于衷的。这让我想起了王子来，她说在给孩子读《海的女儿》时，如何自己泪流满面。那么我呢？我会在月华如练的夜晚，看自己的趾尖，想起美人鱼的歌声。

那歌声可以像文字一样一直飘进打开笼门的心，等待与灵魂共舞。

有时候我会想我写这些文字究竟是为了什么呢？那么，那些作家写那样的文字又是为了什么呢？是不是我也在等待，等待有什么人可以看到这些，可以像在美人鱼前驻足一样，衣袖轻轻拂过我的文字？如果是，我的文字又能给路过的人一些什么呢？

于是，这深夜的烦忧袭来，好像我的身体成了椅子的重负一样，这烦忧成了夜的重负。

不若睡去。

不若睡去。

2006年5月5日凌晨，写于《哥伦比亚的倒影》书签上。

读书偶记

在读《音乐的历史》。书上说，"把各种音调融合在一起，能使各种莫名其妙的妒忌、冲动等转化为美德"。于是，我听音乐，试图寻找音乐无穷的魅力。

可能正是源于音乐的无穷魅力，才会有"巴黎惊现肖邦"的故事吧。

肖邦初到巴黎时，没几个人知道他，而当时誉满全城的是匈牙利钢琴家李斯特。

一个晚上，李斯特举行公演。大厅里挤满了慕名而来的听众，按照当时音乐会的习惯，演奏过程中灯火全熄。那天的钢琴，演奏得那样深沉淳郁，没有一丝一毫追求浮华的东西，听众如醉如痴，认为李斯特的演奏又达到了一个新的境界。

演奏结束，灯火重明，在听众的狂呼喝彩中，站立在钢琴旁答谢的，却是一位陌生的青年。

——原来是李斯特在灯火熄灭之际，悄悄地把肖邦换了上来。他用这样的方式，把肖邦介绍给了巴黎的听众，而肖邦也不负他的期望，一鸣惊人。

这样的历史，这样的故事，真是让我感受到了来自音乐的美德。于是，记录。

是夜。

2006年10月。

删节的力量

《荷塘月色》是中学语文中的一篇重要文章，不仅因为文章本身的魅力，而且还因为作者朱自清的影响力。我想是这样的。

学习《荷塘月色》对我来讲已经是很久以前的事情了，可是，在经历了又一个很久的时间以后，我读到了真正的《荷塘月色》，再往深远里讲，也可能因此而读到了一个真正的朱自清。

第一次读到没有删节的《荷塘月色》是在我自诩的真正开始读书很久以后。在那之前，我从没有怀疑过我学习过的《荷塘月色》不是它的本来面目。而那次阅读，让我的很多甚至信念的东西都受到了重创。

删节过的《荷塘月色》只比原来的文章少了几句话，而一直让我记忆深刻的，是作者在形容荷花的时候用的那一连串的比喻：正如一粒粒的明珠，又如碧天里的星星，又如刚出浴的美人。就是这最后一个比喻被删节掉了。

其实，现在想来，删节掉的这一句话也真的没什么惊天动地的重要。但是，在我第一次看到它时，我真的有如呆坐的感觉，心里面空落落的，但又似乎是被风塞得满满的原野，膨胀，但透不过气来。

后来，极仔细地琢磨过被删节的这句话，我觉得，这句话更多的能体现出来作者的审美观念，可是，删节者却不允许我们这些学习者看出它来，自然就更谈不上审美的学习与沟通了。

后来，慢慢地我开始接受那个事实了，即，很多我们曾经学习过的文章都是经过删节的。但是，让我进一步明白自己的寡闻是在孩子上学以后，因为我不仅得接受删节的事实，还得接受"加工处理"的事实。

《海上日出》，巴金的名篇。孩子在学习的时候，按照要求要背诵全篇，我很支持。于是，我听见了课本上那篇文章的开头：为了看日出，我常常早起……是这样吗？我怎么记得我在普通话测试的篇目中背诵的不是这样呢？为了在孩子面前维持那点知识的权威，我在书架上开始翻腾，终于找到了，原文是："为了看日出，我特地起个大早……"

那么，这句话为什么要做这样的更改呢？我也想了想，大概是要让读到了这篇课文的孩子们养成很好的作息习惯吧。那么，原文呢？原文很真实地表现了作者的生活，可是这种真实被更改掩盖掉了。掩盖掉的就会不存在吗？不会。尽管如此，但是更改依然在试图掩盖。

若不是因为要完成我自诩的读书，我想我是不会知道原本的文字状态的，而原本的文字下流露出的审美和真实我就也会无从知晓，那，会是怎样一种贫乏和苍白啊？

2006年9月。

除非，跳出那音乐

在史铁生《写作的事》一书上找了一页空白，铅笔写写画画留下深浅不一的文字，文字有些随心所欲，甚至连字的笔画都要么懒散懈怠，要么乖张奇特了。

本是想在空页上记下阅读的蛛丝马迹，或者是间或闪现出的只言片语的感受，但现在满脑子里都是音乐，关于音乐的随想。

上学的时候，老师说世界性的人才困境之一是信念渐次疲软，而这其中的一个重要表现就是市场音乐的流行。市场音乐，是指一小撮人为了满足自己的利益，动用垄断资本所形成的音乐。那时候好像还体味不了那么深刻，到了后来，才慢慢地从形式上认识到它，比如，流行音乐的寿命随着资本的撤出转瞬即逝，这种没有生命力的音乐就是市场音乐。

孩子从音乐课上带回来了音乐，莫扎特的C大调第25部，我在网上没能找到，于是去家门口的音像店里，有莫扎特的音乐吗？店主在努力回忆，但可以看得出神色的茫然，我不能苛求，但我心也茫然。

史铁生说写作是为生存寻找理由。把文字的力量类比作音乐的力量，一种音乐，一种文字可以让人跳起来；另一种音乐，另一种文字可以让人沉下去。而我想我在努力寻找一种可以让人沉静的文字的同时，又会不可避免要听到让人跳起来的音乐，那么，在跳动的音乐中读书，不浮躁才怪呢！

除非，跳出那音乐。

2006年12月。

精神家园

人是不应该堕落的，连上帝都不会容许。

我的心好疼，因为我在堕落中读那些没完没了的文字。

精神家园在哪里？自从柏拉图让它浸入人们心中之后，尼采又让它死了，死得连灵魂都找不到了。

然而，有一个叫诱惑的面孔却打起了家园的招牌，钻进了所有的文字，还安营扎寨，并且靠吸食读文字的人们的精液繁衍生息。在那里，我的全部，内心的爱与希望，都被它拿走了，我奄奄一息。

每一次，我都下定决心与它分离，逃离它的诱惑，让它找不到我，此后，我是不会再给它机会的，我决心远去，不再接受它的诱惑，远离，让它无机可乘，它就会在我的远离中枯竭，因为它没有了爱与希望。我窃喜，我可以拿走我的心。

可是，我终于还是把什么东西丢了，走了好久之后，我看见，我的心是空的，我的血液呢？顺着足迹，一路找来。——天哪！怎么又是在它这里？它狞笑着，一点都不像柏拉图给我讲的那样。在柏拉图的神话中，它安详美丽。

是啊！那只是柏拉图的神话！

我只好走近它，寻找我的热血，走遍角落，又见它的狞笑，它的嘴角，是一滴我的血！

它拿走了我的血，可是，我还是要走的，没有了血，就会没有爱和希望吗？不，不会的，我要我的爱和希望，连这它也能拿的走吗？

再次离开它，我步履艰难，心里是空的，空空荡荡，有撞击的声音，是爱和希望在心里晃荡，随着脚步，荡漾。没有了血液，我用什么来滋养我的爱和希望？我把眼泪注入心中，我听见我的爱和希望在叫喊，苦啊！

可我别无选择。

走在与爱默生同行的路上，我看见，他的心里也是泪，他也在寻找精神家园，难道他还不知道，精神家园已经死了，死得连灵魂都找不到了，只有一些狞笑着的余孽藏在文字里面，甚至，吸干了我的血液。

我的爱和希望呢？好久没听见撞击的声音了。打开我的心，透明的泪水中，我的爱和希望在飘荡，尽管苦涩，但也快乐——他们还活着，这就足够了。

那么，让我继续走吧，也许我会找到些什么，甚至奇迹，让我重新拥有我的热血。

翻过时间的界碑，我见到了历史。

历史啊！站在你面前，我的吻滑过你智慧的额头，滑过你高贵的鼻梁，寻找你的唇，可，你的唇冰冷、固执，即使我的热泪，也无法让你开口吗？

那么，看看我吧！睁开眼，看看我心中的泡在泪水中的爱和希望吧！

你怎么能忍心我这样苍白？我是带着爱和希望来的！请你带我去找到柏拉图吧！也许那样我会拿回我的热血。

你依然沉默，我很伤心。

是吗？我的心还知道伤痛？

于是，我决定回到文字里去。我不再和爱默生同行，让他自己去痴狂吧！也许痴狂中，他真的能找到柏拉图的精神家园呢。可是，不管怎样，我是要回去了，我要回去夺回我的热血。

捧着我的心，重回文字之中，跌跌撞撞，一个字绊倒了我，心，我的心中的泪水溢了出来，泪水流过之处，一片鲜红，那是——

我的血！我终于找到了，我的热血，从此，我的爱和希望就不会枯萎，我就可以在爱和希望中永驻。

2002年底，
那时，正在读海德格尔。

-154-

让我的文字在天上飞

比如，我看到街边上有少了手脚的乞者，无论心生恻隐，还是愤世嫉俗，我只愿在文字中写有一片飘零的落叶，在天空中翻飞，久久不愿落在地面上。

比如，我听见孩子追着离异父母的脚步东奔西跑时无所适从的哭喊，我只愿在文字中写城市的喧嚣助长着人心的浮躁，霓虹灯闪烁下灯光暗流成河，但心灵仍旧在黑暗中摸索，不知方向。

比如，我路遇仓皇而逃的小贩、满面恶相的城管，不要理会我心里的愤和不平，我的文字会写云和云相遇/有时是雨/有时是雪/有时是冰雹/有时/擦肩而过。

比如，我张罗了一桌晚饭，不在意饭菜的色香味美，也许就能摆脱烟熏火燎的尴尬，于是我的文字中会出现白的牡丹，绿的芭蕉，粉的杏，黄的菊。

不想让生活中的苦难、无奈、悲凉、琐碎继续在文字中缠绕着我，那么就让我的文字在天上飞吧，不着边际，无所羁绊，即便会有些许的忧郁，那也是感动中的美丽。

2006年9月。

无　题

只一瞬间，有着些炙热的太阳一下子就不在了，不知从哪里涌上来了厚厚的云，厚厚的看似积雨的云。风也来了，从窗吹进来，到肩上，竟让我感到了一缕凉意。

起身，裹上一条披肩，尽管这还是午后的时光。

这个午后，在远处传来的架子鼓的声音里，倒显得有些寂静了。架子鼓是从校园里刚刚搭建的露天舞台上传来的，晚上有欢送毕业生的晚会。又是一群朝气蓬勃的年轻人走出校园了。

转动一下身体，让自己陷在沙发里，像一只慵懒的猫。

房间里隐约地还飘着洗衣剂的味道，那是一种异样的香，我一直不喜欢。

孩子隔着房间问我，"馨香的'馨'去掉下面的'香'字，换成'缶'，是什么字？"

我没反应过来，伸手抓起一支笔，在手心上画了起来，罄，什么字呢？——"妈妈不认识，你自己查"。

怎么又是香？刚才那阵香气还没散尽呢，又出来一个香字。

孩子很认真地拿着字典出来告诉我，"罄"字念"qìng"，简单讲是"空"的意思。

我虽然没有起身，但是不再是懒散的样子，眼睛有了神采。"第几课里的字呀？我都不认识。"

"不是课文里的，是《达尔文传》里的。"

说话间，孩子已经回那屋了。

《达尔文传》？家里有这本书吗？

心里晃出了这个疑问，但没有追问。

看着手心里的这个"罄"字，怎么能是"空"的意思呢？这么繁杂的笔画！

把手攥起来，原来可以攥住的也只是一个空。

2004年5月。

寻梦，撑一支长篙

流浪在城市的边缘，
拖着长长的影子，
我逡巡。
努力寻找可以让自己起飞的羽翅，
坚强而且执着，
但每次的归途都是遍体斑驳的伤痛。
捡一片阳光扎起伤口，
剪一段风当做手杖，
我在炙热中继续前行。

天使们在漫步，
轻飘飘地踩出万朵红霞，
真想扯下一层，
披在肩上，
有熙熙攘攘的杜鹃绽放。
就让花瓣编织出美丽的翅，

带我飞翔，
入那云端。
再看我的城市，
遥远，
缥缈，
有一丝感伤如怀旧般升腾。

2003年初夏，朋友拍了一组云的照片，彩云之南的云。

雪敲打着我的心

雪敲打着我的心

那是故乡的雪
轻柔地飘下来
沉重地落在我的心上
敲打出声响
是六角形的

黑夜映衬着的月亮
一定很圆
很亮
也很冷

但那是几千里以外的月光
而此时
我的窗上正结着雨声
滴答
滴答
像怀表
又分明比怀表寒冷

寒冷的雨能敲打出六角形的声音吗

雪敲打着我的心
那是故乡的雪

2004年岁末。

沙

起风了，沙也起了。

天气预报上讲这叫做"浮尘天气"，我们把这叫作"下土"。

每到这个时候，漫天飘浮的就是这有重量的沙。

匆忙收起晾台上的衣物。

这沙是无孔不入的。

透过窗，透过幔，落下来。

点点滴滴积在这屋子的角角落落。

我想用歌声淹没这沙。

可是这很难。

这沙走了很远很远的路。

疲惫了，就落下来。

随便落在什么地方。

沙起的荒原在哭。

2004年3月，浮尘天气。

风中的诺言

让所有擦肩而过的背影
停留
于是
一定有你

带着满脸的幸福
穿梭于城市喧闹的楼群
袭一身飘动的长衣
只为
你找到
跳跃的快乐

每一个
路经的面容
都如你样
苍白
定是月台上几声汽笛
扯断了牵手的温暖

站在思念和忘记的两端
脸上还是流过了
你风中的诺言

2002年严冬。

有梦走来

又，梦走来。

远远近近，却没有你。

我寻找一个一个不属于自己的风景有泪真的流下是否那颗星星真的变了心？

在远离之后，还要坠落？

你见过坠落的星星吗？

耀眼的光华如练。

划过夜空，夜空也不挽留它。

于是，有风袭来，却只有风的温度，没有风的家园。

失落的家园，星星寻找着，想要带风去落脚，会找到吗？

星星和风的家。

不会的，于是，星星落入我的幽谷，我捡了一颗星，揣在怀里。

上路，去寻风。

去寻风。

带着星星。

2007年2月。

跳 舞

突然之间心情就和这明媚的阳光不一样了，
好像沉睡了许久的莲，
绽放之后依然安睡，
安睡，
阳光与梦无关，
于是流连松散的风，
风的呼吸，
抑或唤我醒来。

语言和心情实在没有什么联系，
欢愉的文字的确是可以浮现在悲伤的情感之上，
而明媚也会穿起哀怨的鞋，
跳舞，
鞋尖划过，
好像笔触瞬间的游离，
缥缈，
找不到来时的路。

我宁愿安睡，
于这腻得不透风的阳光之中，
即便假寐也好，
也好……

想你的想法被刺眼的阳光几乎刺死，
快步走进树荫喘息，
让想你继续活在心里。

一现的昙花啊，
和擦肩而过的你，
凝在中欧小镇的阳光里，
漫溻在华灯初上的思绪中；
像洁净的花瓣，
层层叠叠，
围绕起芬芳四溢的蕊。

坐在阳光里，
不忍睡去，
暖融融的情意幻变成梦境。
于是茶亦如醋，
成了魇。

2007年7月。

那个骆驼

那个骆驼呀，

就是我出门时候的伙伴。

很高，很大。

它会曲下身体，

等我骄傲地靠在它的驼峰之间。

然后，我们就出门了。

走过一个沙包，那边就是集市。

集市上很热闹，来往的人，和他们的骆驼。

他们的骆驼没有我的好看。

我会买一些青菜，和包好的羊肉，

不能让我的骆驼看见那些血淋淋的东西。

卖菜的人，高高举起他的手臂，把青菜递给我。

我很骄傲，他得踮起脚尖，

因为我的骆驼很高，很大。

然后，我们就去喝酒。

街角有一家酒馆，一家有着临街矮门的酒馆。

我的骆驼不能进去，

我得把它拴起来，

拴在酒馆的矮门旁。

它会跑的，

不是逃跑，是那种追逐的跑。

追逐的跑，让它很开心。

但是，现在不行，我得先去喝酒。

于是，我去喝酒。

我会要上等的酒，

因为我的荷包里有金币，真正的金币。

这些金币是我的骆驼给我找到的。

那天，我的骆驼带我去跑，

追逐的跑，

在它脚下，我就找到了这些金币。

我喝酒，还有我的骆驼。

可是，我的骆驼不能进来，

这是一个矮门的酒馆。

嗯，我的骆驼也喝酒的。

它会品出很好的酒来。

我身边有一个酒囊，一个属于我的骆驼的酒囊。

我又要一壶上好的酒，

装入我的骆驼的酒囊。

出门。

我的骆驼在等我，不，

它在等我给它带出来的酒。

把酒囊凑过去，我的骆驼有了微笑的表情，

嗯，就是那种我们都见过的微笑表情。

喝了这上好的酒，

我的骆驼，曲身，

我又靠在我的骆驼的驼峰之间，

我们去跑，

追逐的跑。

2005年6月。

人鱼传说

（一）

我是一个到处流浪的人，
有着华丽的衣服和马车，
我的眼神忧郁且美丽，
我的歌声悠远且寂寥，
大家都叫我王子。

走过了村庄和城镇，
翻越了大山和长河，
我一直听着一个传说，
一个关于美人鱼的传说。

住在深海的鱼啊，
会是怎样的柔美？
可以呼应我的歌声吗？
可以与我远行吗？

在有月的晚上，
我找到了可以让梦想成真的女巫，
求她让我遇见海底的人鱼，
女巫无语。

女巫无语，
因为我是王子，
她允诺，
那就在梦中见吧。

走进女巫的梦口袋，
我看见电闪雷鸣，
四周是柔软的水，
我以为我是鱼了。

我不知道我的眼神没了，
但我可以看见，
我不知道我的歌声没了，
但我真的在唱。

我看见心仪已久的人鱼：

她的眼是海底深处的蓝蚌，幻动着海的颜色。
她的头发是那纠缠的海藻，飘舞在潮起潮落里。
她的心是那串起的剔透的水泡，漂浮在无际海浪上。
她的唇是最鲜艳的红珊瑚嵌成的啊，却寂寥地沉落于海底。
她的喉咙是七彩的鹦鹉螺幻成的，掩藏着美妙的天籁。
她的微笑，会让忧伤的人忘记心灵的伤痛，
她的歌声，可以让咆哮的海水恢复清澈的波浪，
她的舞姿，甚至比曼妙的水藻更轻盈柔韧，
她有一尾鲜红的鳍！

我与人鱼整夜相拥，
游过了心海，
游过了情源，
游过了幸福的笑靥。

东方开始吐露朝晖，
我将不得不离去，

于是留下了我随身的护符石，
是对梦的牵挂与不舍。

耳边响起一阵纷乱的脚步声，
和几声温软的话语，
我真的睡去了，
睡得很沉很沉。

(二)

我睡得很沉很沉，
如不是阵阵阴冷的风吹过，
我想，
我会睡到时间的尽头。

四周是柔美的水，
一堆篝火在燃，
我听见有人鱼的歌声，
在风的微凉中凄美。

蹒跚在山与海之间的空地上，
我的心愈发冰冷，
我大声地叫喊，
我的人鱼！

声音在我空荡荡的心里撞击，
不停地有心悸传来，
每撞一下，
我就心痛一下。

再次寻找可以让梦想成真的女巫，
为我疗伤，
我知道我要死了，
因为我没有了美丽的人鱼。

女巫也知道我要死了，
因为我的灵魂丢了，
我的灵魂，
就附在我的护符石上。

我请求女巫，
能让我再次与我的人鱼相遇，
借口是，
找回我的灵魂。

我亲爱的王子，
你的灵魂已经不属于你了，
你找到那里也是枉然，
除非它现在的主人化作了泡沫。

我似乎不是很明白女巫的意思，
但是女巫很清楚我的愿望，
我只想再见我的人鱼，
与我的人鱼整夜相拥。

你可以再见那人鱼，
走进梦里你只是水，
梦醒之后，
你还要留下你所有的记忆。

好吧，
只要可以再见我的人鱼，
我将放弃一切，
甚至于我的生命。

我的人鱼依旧美丽如初，
湛蓝的眼忽闪着海的变幻，
飘舞的发缠绕起浪花朵朵，
还有一尾鲜红的鳍！

我看见我的人鱼，
忧郁且美丽的眼神，
正注视着我的灵魂，
我的灵魂就在我的人鱼的掌心。

有一丝冰凉划过，
触摸，
竟是一滴蓝色的眼泪，
在海水中亦是微微的咸。

我是一滴水，
坐在我的护符石上，
我的灵魂告诉我，
我有了爱情的体验。

我盼望，
我的人鱼的亲吻，
让我冰冷的心，
采撷她甜蜜双唇的温存。

我想告诉我的人鱼，
我有多么的幸福，
可我只是一滴冰冷的水，
没有歌声也没有眼神。

我的人鱼在和她的父亲对话，
那是我听到过的最凄婉的歌，
那一整夜，
歌声未停。

我看见，
我的人鱼眼中溢出颗颗泪滴，
蓝色的，
淌凝成珍珠的雏形。

我在哭，
可是没有眼泪，
因为我是一滴水，
一滴藏了人鱼眼泪的水。

跟随着我的人鱼走到海边，
回头看深远的海，
波平如镜，
我的灵魂紧紧地攥在我的人鱼手心。

新生的太阳带着骄傲的热情，
炙烤着我，
在夺目的绚丽中，
我的笑容依旧。

我以为我会死的，
然而没有找到灵魂的我，
却是一个有着华丽的衣服和马车的王子，
女巫不会让我死去的。

在咒符的庇佑下我有了再生，
但是输掉了我的记忆，
我的眼神不再忧郁且美丽，
我的歌声不再悠远且寂寥。

我的再生，
让我的灵魂留在了梦里，
我的笑容却在脸庞，
依旧华贵如初。

我不再流浪，
因为我要继承我的权力和财富，
我不仅有华丽的衣服和马车，
我还要有权杖和新娘。

我的新娘，
那双如海般湛蓝的眼睛，
和触动飞舞的发髻，
还有能舞出欢快的双脚。

可是，
我真的忘了，
我的新娘，
应该有一尾鲜红的鳍！

（三）

那些事情以后，
我成了一个快乐的，
但是没有了歌声，
只剩下了寂寥的王子。

清早起来的海风，
不断地吹来一个消息，
来吧，
到海边来吧。

海边，
我看见，
海风翻卷着一头栗色的长发，
海水拍击着一躯玲珑的身体。

我有些寒似的战栗了，
那透明的苍白的脸庞，
和修长的纤巧的手脚，
如梦般的美丽。

我用微笑迎着她，
看见，
她迎着我的微笑，
微笑。

阳光洒满了沙滩，
金色的沙一粒一粒地闪耀，

辉映着她的眼睛，
有迷幻般的色彩。

那色彩裹在我华丽的衣服下，
一路行去，
丝毫没有褪色，
直到我的城堡。

我们整夜相对，
她用眼睛和脚尖向我诉说，
诉说中，
我看见蓝色的眸中有珍珠颗颗。

她的眼睛，
好像是天空的星光闪动，
让我读到了，
很久以前的幸福与感伤。

她的脚步，
仿佛大海里飘舞的袅袅的藻，
舒缓、流畅，
缠绕在我的心间如幻。

我是懂她的，
她是幸福的，
就好像我是快乐的，
只是她的忧郁如我的寂寥一样。

我的婚礼如期举行，
新娘的艳丽也一如既往，

而且
声音柔美如莺。

她舞着欢快的曲,
星星般的眼睛和袅袅的脚步,
让我空落落的心,
不再有疼痛的撞击。

这是一个月华如练的夜,
夜里有梦走来,
来得那么悄然无声,
却又美丽至极。

一束闪亮的光,
在眼前滑过,
瞬间世界变成了白昼,
我几乎要看见什么了。

紫色的天边,
有一丛欲飞的芦苇,
晶莹的羽毛在枝头荡漾,
随时准备着飘向另一段美丽。

我看见了我的人鱼,
我的人鱼,
在空中飞舞,
有一尾鲜红的鳍。

(落幕)

2003年6月。

我愿意把写作当作是一种习惯。

当心里面平静得漾不起一丝波澜的时候，手中的笔就像生根一样的沉重，于是只有沉寂，沉寂，再沉寂了。当心里面突然就涌起滔天巨浪的时候，笨拙的笔又根本无法企及内心汹涌的情感，于是也只有沉寂，沉寂，再沉寂了。

然而，就算是蔷薇败了，也还有那干枯的花瓣，就算是花瓣碎了，也还有一缕些微的芳香，就算是芳香也随风散了，也还有一丝牵挂留在指尖，就算是指尖的牵挂也被洗掉了，也还有一点爱会留在心头。留在心头的这一点点爱，也能沉寂吗？

好在，在工作劳顿和生活琐碎的间隙，三五好友相聚，品茗畅谈，总有所得；在有月亮或没月亮的夜晚，炎热或阴霾的午后，伴着忧郁、寂寞的姿态，读书，偶有所思；在旅行的路上，隐藏起流浪的心情，为一花一世界，也为心中的菩提，拍摄，留有所念。所得思念，汇积成这些文字和照片，正是因了我的感动而生长的心中所系、心中所盼、心中所爱。

我愿意把写作当作是一种习惯，一种需要勇气来支撑的习惯，有时也可以把它叫做坚守，以此来感谢我生命中的人们，感谢他们温柔而有力的搀扶，陪我度过生活的漫长和命运的瞬息。